KB263188

단테문학·오선문예

축 사

김 호 운

(소설가 · 한국문인협회 이사장)

우리 사회를 아름답게 가꾸는 시인들의 향기

'문학은 우리에게 무엇을 주는가'라는 제목으로 여러 차례 특강을 한 적 있습니다. 어릴 때 어머니에게 동화책을 사달라고 했을 때 "책에서 밥이 나오냐 떡이 나오냐" 하시던 어머니의 말씀을 듣고 돌아서서 울었습니다. 어른이 되고 등단을 한 뒤 저는 비로소 어머니의 이 말씀을 이해했습니다.

문학은 그것으로 당장 무엇을 할 수 있는 도구가 되지 못합니다. 배고픈 이에게 밥이 되지 못하며 러시아의 침공을 받은 우크라이나에서는 눈앞의 적을 물리치는 무기가 되지도 못합니다. 이런 문학을 우리는 왜 하고 있을까요. 그 해답을 저는 『한국문학의 위상』(김현, 문학과지성사, 1976)에서 찾았습니다. 문학은 쓸모없는 눈으로 쓸모있는 것에 노예가 된 사람들에게 그 사슬을 풀고 자유의 공간으로 나오게 합니다. 이것이 '문학은 우리에게 무엇을 주는가'라는 물음에 대한 답입니다. 문학은 '쓸모없는 것' 이기에 사람들을 억압하거나 구속하지 않습니다. 사람들은 쓸모 있는 것만 찾기 때문입니다. 그런 문학이 사람들을 자유공간으로 나오게 하는 힘을 가지고 있습니다.

이번에 그 동안 열심히 아름다운 시향(詩香)으로 훌륭한 시를 빚어 우리 사회를 밝게 해 주시던 시인들이 작품을 모아 시 사화집을 펴낸다는 소식에 기쁜 마음으로 박수를 보냅니다. 이 시 사화집이 독자에게 전해져서 사람을 향기롭게 사회를 아름답게 시의 숲을 이룰 것입니다. 참 기쁜 일이 아닐 수 없습니다.

다시 한번 '문학은 우리에게 무엇을 주는가' 라는 이 질문을 되새겨보았습니다. 문학은 인간과 자연을 탐구하는 예술이며 인간은 사회라는 집합 문화에서 삽니다. 아리스토텔레스도 일찍이 "인간은 사회적인 동물이다" 라고 했습니다. 사람은 사회를 떠나 살 수 없습니다. 이 사회가 제대로 움직이고 발전하지 않으면 우리는 제 결대로 살아가기가 힘듭니다. 이를 바로 잡고 움직이게 하는 중요한 역할을 우리 문학이 하고 있습니다. 문학이 제 기능과 역할을 하지 못하면 집합 문화 사회의 톱니바퀴가 제대로 돌아갈 수가 없습니다.

문학 작품을 한 그루 나무에 비교한 적도 있습니다. 나무가 없으면 사막이 되고 그런 환경에서는 사람이 살 수가 없습니다. 우리 전통 시조가 맑은 공기와 맑은 물을 만드는 그런 나무 한 그루처럼 사람과 사람 사이에 인정의 향기를 만들어 '사람을 향기롭게 세상을 아름답게' 만들어 줄 것이며, 나아가 이런 활동이 '문학을 존중하고 문인을 존경하는' 그런 사회를 이루는 데 큰 동력이 될 것입니다. 그런 사회를 이루고자 이번 사화집을 함께 펴낸 시인 여러분께 존경과 감사의 찬사를 보내며 앞으로 더욱 큰 발전이 있기를 기원합니다.

발간사

오선문예
이 민 숙

영혼을 담아 묵향으로 빚어내는 작가님들의 작품들은
한 행 한 연을 지어서 한 편의 작품을 완성하기까지
고뇌하고 퇴고하며 마음을 다한 소중한 글이기에
수상 작품을 한자리에 모아 공유하고
서로 격려하는 글 마당이 되기를 바래보았습니다

여러 문인협회에서 혹은 공모전에서
두각을 드러내고 집필하신 작품들을
다시 만나보는 자리를 만들어
잊혀져 가는 추억을 되새김 함으로
다시 한번 힘을 얻고 좋은 글 적는데
활기를 불어넣기를 간절히 바라는 마음입니다

세상 사는 일에 동기 부여란
잠자고 있는 감성을 깨우고
앞만 보던 길을 옆도 보고 뒤도 보는
맑은 혜안으로 생각을 확장하여
의기 소침했던 시간에 용기를 입히고
기세 등등한 현 주소를 담금질 하는
계기가 되기를 바라며 의미있는 일이라 여겨 추진하게 되었습니다

문학상 작품을 모아서 서로 나누어 보는
아름다운 글 나눔에 기꺼이
귀한 작품을 주신 작가님들께 진심으로 감사드립니다.

CONTENTS

초대시

김 민 정

단풍단풍

풀벌레 울음소리 산기슭 풀어낸다
제 갈 길 가다말고 주춤대던 갈바람이
사는 건 혼돈이라고 어둠을 부추긴다

골짜기 흘러가는 계곡물 지즐대고
온 산에 달빛 들어 색이 색을 덧입힌다
할 말을 삼켜가면서 나도 한창 익어갔다

더 이상 참지 못해 온몸으로 토해내는
내 안의 속울음이 어찌 이리 붉었으랴,
이제는 눈을 감아도 환하게 탈 수밖에

프로필

1985년《시조문학》창간25주년기념지상백일장 장원등단. 성균관대 문학박사.
상지대 대학원 강사 역임. 한국문인협회 부이사장 겸 상임이사(편집주간),
국제PEN한국본부 이사, 한국여성문학회 이사, 한국시조시인협회 중앙자문위원 외.
성파시조문학상 운영위원, 김삿갓문학상 운영위원, 가람시조문학상 운영위원.
시조집:『펄펄펄, 꽃잎』외 13권, 엮음집『해돋이』외 4권 논문집:『현대시조의 고향성』외
1권
수필집:『사람이그리운날엔기차를타라』
평설집:『모든 순간은 꽃이다』외 1권
수 상: 제14회 한국문협작가상, 제14회 한국여성문학상, 제37회 대한민국예술문화대
상 외

김 민 정

꽃무릇 생각

꽃 한포기 심기에도 척박한 학교 뜨락
퇴비 듬뿍 뿌려가며 파인 곳을 메꿔가며
한 두 해 객토를 위해 흘린 땀이 얼마던가

미끈한 알뿌리를 꼭꼭 밟아 다독였지
가을 어귀 꽃 몇 송이 피었다는 연락 받고
퇴직한 학교 마당에 한달음에 달려갔다

심어줘 고마웠다 말을 하는 저 꽃얼굴
꼿꼿한 줄기세워 밀어올린 저 순정을
꽃 져도 잊지 않겠네
잎이 다시 필 때까지

강 정 화

깃발의 혼

혼자서 오를 수 없는 꼭대기
누가 그대 하늘에 매달았는가
하늘 가로 지르는 당당함으로
거부할 줄 모르고 매달렸는가
흔들려도 어지럽다 말거라
때리거든 흠뻑 맞아라
홀로 있다고 외롭다 말거라
처절한 아픔이 곤궁할 때까지
극기의 날 온전히 견디어라

힘차게 뻗은 욕망으로
하늘 바다에 떠돌지 않으려
수 만번 흔들림을 이겨온 날들
수천수만의 떨림은 잎새에도 있음을
더 열렬히 흔들리며 버티어 온 날
어둔 곳 밝히는 촛불처럼
서럽도록 아린 지난 세월
눈물겨운 넋들을 불타게 하는
목종(木鐘)이 되어서라도 울리거라

희망 실은 풍등 날리기

시름 많은 휘모리장단에 널뛰기한다
경건한 제야의 종소리에 정신 들며
해맞이로 소문 자자한 바다로
초대장 없이도 맞아주는 영원한 고향
들뜬 마음 앞세우고 어두운 밤길 달린다
두어 시간 만에 당도한 그 넓은 동해바다
먹물을 뒤집어 선 채 신새벽은 나를 반기듯
옛러운 가락으로 철석이며 다가오고
해맞이객들의 기도는 함성이 되어
가쁜 숨 몰아가며 햇덩이 끌어올리는
용트림으로 기대 부풀려진다
철든 이후 묵은 해 보내고 신새벽 맞이
그리움의 물결이 사랑의 안부 물어오고
더 큰 포부 세계의 평화와 인류의 시름
코로나 물리치고 하리란 소망 모으고
남북통일과 시기 질투 없애는 나라
하늘로 띄워 보내는 의식을 치르며
새해에 힘찬 광명 빛나게 하소서

프로필

♡,1984.월간 ^시문학^ 문덕수 시인추천완료
♡시집 ^우물에 관한 명상^외13권 외 13권
♡ 37회시문학상수상
♡ 현) 한국문협부이사
한국문인협회 시분과 회장 역임
현)한국문인협회 28대 부이사장

박화목 아동문학상

윤 영 훈

꽃무릇

한 잎 한 잎
마디마디 끊기는 이별의 통증을
꾹꾹 누르고
비쩍 마른 외줄기 위에서
짙붉은 피를 수혈한 꽃망울을
눈부시게 터트리고 있다

같은 자리에서도
만날 수 없는 운명을 안고
그리움으로 길어진 모가지를 세운 채
가슴 시린 사람의 눈망울마다
환한 꽃등을 연달아 달아주고 있다

프로필

《창조문학》에 시로,《월간문학》에 동시로,《월간 아동문학》에 동화로 등단.
시집 :『사랑하는 사람에게』,『별을 잃어버린 그대에게』,
동시집『풀벌레 소리 시냇물 소리』『함께하면 좋잖아』,
전라남도문화상, 박화목아동문학상, 심호이동주문학상,
한국바다문학상 수상. 전라남도시인협회 회장과
광주 · 전남아동문학인회 회장 역임
현재 한국문인협회 부이사장

윤 영 훈

못의 독백

스스로는 머물지 못하고
탕탕탕 망치로 맞아야만
난 제대로 설 수 있지
한눈팔아서는 절대 안 돼
흔들리면 추락하는 거야
구멍을 제대로 찾아야 돼
남의 가슴에 못질하면
다시 빼내어
호되게 두드려 맞을 수도 있지
힘들다고
구부러져 살 순 없어
그래,
붉고 푸르도록
벽과 한몸이 되어
꿋꿋하게 살아야지

이 혜 선

서시 — 우리 하나 되어

은보라색 밝아 오는 하늘
그 아래 강물 한 자락
먼 길 떠날 때
나 그대와 더불어 길 떠나려 하네

가다가 여울엔 굽이쳐 흐르고
가다가
지푸라기 흙탕물 모두 섞여서
우리 모두 한 몸 되어 흘러가려 하네

얕은 개울엔 송사리 떼 기르고
물살 맑은 강물엔 연어 떼 길러서
흘러가겠네 마침내 바다가 되겠네
우리 하나 되어,

프로필

1981년 『시문학』 추천. 시집 『시간의 독법』 『새소리 택배』(2016.세종우수도서) 『운문호일雲門好日』 『神 한 마리』 등. 시선집 『흘린 술이 반이다』 『불로 끄다, 물에 타오르다』 저서 『시가 있는 저녁』 『아버지의 교육법』 『문학과 꿈의 변용』 등. 둔촌 이집문학상, 윤동주문학상, 한국예총예술문화대상 등. 동국대 외래교수, 한국여성문학인회 이사장, 한국문인협회 부이사장, 문체부 문학진흥정책위원, 한국세계문학협회 회장 역임. 현재 한국여성문학인회 고문, 한국문인협회, 국제 펜 한국본부 자문위원.

이 혜 선

유사비행

우화를 꿈꾸었다

바람 타고 날아보아도
절벽에서 떨어져도 날개는 돋지 않았다

네 쌍의 다리로 줄을 탄다
머리가슴 하나로 생각하고 동시에 교감한다
뜨거운 가슴, 차가운 머리로 식힌다

날개 대신 실을 토한다, 강철보다 강한 생명밧줄
수억년 진화해온 피브로인fibroin 단백질, 몇몇생生을 연구해온 공법으로
새 생명집을 짓는다
별이 뜨는 방향, 영원히 이어나갈 겨레의 제단에 걸어둔다

나는 아직도 거미, 유사비행에 목숨 건다
펜 끝에 생명밧줄 토하며, 시인의 극한 불행을 예감해도*
무한 허공, 또 꿈꾼다
날아오른다

*빅토르 위고, 샤토브리앙을 추모하는 시 「Odes et Ballades/À M. de Chateaubriand」 차용

공 광 규

담장을 허물다

고향에 돌아와 오래된 담장을 허물었다
기울어진 담을 무너뜨리고 삐걱거리는 대문을 떼어냈다
담장 없는 집이 되었다
눈이 시원해졌다

우선 텃밭 육백 평이 정원으로 들어오고
텃밭 아래 사는 백 살 된 느티나무가 아래둥치 째 들어왔다
느티나무가 느티나무 그늘 수십 평과 까치집 세 채를 가지고 들어왔다
나뭇가지에 매달린 벌레와 새소리가 들어오고
잎사귀들이 사귀는 소리가 어머니 무릎 위 마른 귀지소리를 내며 들어왔다

하루 낮에는 노루가
이틀 저녁은 연이어 멧돼지가 마당을 가로질러갔다
겨울에는 토끼가 먹이를 구하러 내려와 방콩같은 똥을 싸고 갈 것이다
풍년초꽃이 하얗게 덮은 언덕의 과수원과 연못도 들어왔는데
연못에 담긴 연꽃과 구름과 해와 별들이 내 소유라는 생각에 뿌듯하였다

미루나무 수십 그루가 줄지어 서 있는 금강으로 흘러가는 냇물과
냇물이 좌우로 거느린 논 수십만 마지기와
들판을 가로지르는 외산면 무량사로 가는 국도와
국도를 기어 다니는 하루 수백 대의 자동차가 들어왔다
사방 푸른빛이 흘러내리는 월산과 청태산까지 나의 소유가 되었다

마루에 올라서면 보령 땅에서 솟아오른 오서산 봉우리가 가물가물 보이는데
나중에 보령의 영주와 막걸리 마시며 소유권을 다투어볼 참이다
오서산을 내놓기 싫으면 딸이라도 내놓으라고 협박할 생각이다
그것도 안 들어주면 하늘에 울타리를 쳐서
보령 쪽으로 흘러가는 구름과 해와 달과 별과 은하수를 멈추게 할 것이다

공시가격 구백만원짜리 기울어가는 시골 흙집 담장을 허물고 나서
나는 큰 고을 영주가 되었다

프로필

월간 《동서문학》(1986) 등단,
시집 『담장을 허물다』 『서사시 금강산』
　　『서사시 동해』와 산문집 『맑은 슬픔』 등.
윤동주상, 신석정문학상, 녹색문학상 등 수상

공 광 규

국내 문학상 수상작 작품 모음집

놀란 강

강물은 몸에
하늘과 구름과 산과 초목을 탁본하는데
모래밭은 몸에
물의 겸손을 지문으로 남기는데
새들은 지문 위에
발자국 낙관을 마구 찍어대는데
사람도 가서 발자국 낙관을
꾹꾹 찍고 돌아오는데
그래서 강은 수 천리 화선지인데
수만 리 비단인데
해와 달과 구름과 새들이
얼굴을 고치며 가는 수억 장 거울인데
갈대들이 하루 종일 시를 쓰는
수십 억 장 원고지인데
그걸 어쩌겠다고?
쇠붙이와 기계소리에 놀라서
파랗게 질린 강

靑民 박철언

산다는 것은 한 줄기 바람이다

산다는 것은 어느 날 연기처럼 사라지는 것
갑자기 흔적도 없이 없어지는 것이다
정확한 날짜는 그 누구도 알지 못한다
사람의 생명은 바람이다
손에 아무 것도 들지 않고
몸에는 아무 것도 걸치지 않고
가볍게 왔다가 드디어는
대자연 속으로 사라진다

인간사에 일어나는 주요한 일들은
발자취를 남기려는 몸부림일 뿐
영원을 향한, 명예를 위한, 즐기기 위한, 물질을 위한
강한 욕심일 뿐이다

피로 물들이던 역사의 온갖 전쟁도
유다*의 배반, 브루투스*의 야심
테스*의 실연, 안나카레리나*의 사랑도
그저 연기처럼 사라진 흔적일 뿐이다

누군가가 날마다 인간의 생명을
바람으로 지우는데
어떤 수학 공식으로 지우는지
인간은 도무지 알 수가 없다
산다는 것은 한 줄기 바람이다

*유다(Ludas Lakarites); 예수가 뽑은 12사도 중 한사람
*브루투스(BRUTUS); 카이사르를 암살한 로마공화정말기의 정치가
*테스; 토마스하디 (Tomas Hardy) 작품, 순결한 농촌여성의 사랑이 살인·도주·처형으로
  끝남
*안나카레리나(Anna Karerina); 톨스토이 작품, 비극적 사랑의 여주인공

프로필

▶법학박사 서울대법대 졸, 한반도복지통일재단 이사장전)정무장관
  체육청소년부 장관 3선국회의원 대통령정책보좌관 검사장
▶1995년 등단(순수문학), 서포문학대상, 영랑문학대상,순수문학대상,
  시세계문학대상, 문학세계대상, 세계문학상대상, 김소월문학상본상,
  한국문학사를빛낸문인대상, 윤동주 문학상, 단테문학대상,
  제1회 예이츠문학대상 외 다수
▶제7시집『왜 사느냐고 물으면』외 10권

제40회 윤동주 문학상

靑民 박철언

바람을 안는다

가벼운 차림으로 봄 산에 오르면
초록초록 푸르름 속에 바람이 안는다

너의 눈동자를 보면서
꽃처럼 너를 안는다

바람이 볼을 부비면
춤을 추고 싶다
이슬비에 젖어드는 교향곡 같은 봄 바람
꽃잎이 흩날려 꽃비가 되니
황홀경이다

내가 너를 피어나게 해야 하는 사람이라 생각하니
마음에 바람이 분다
사랑한다는 것은 그냥 좋은 사람이 되고 싶은
바람을 안는 것인가

권 갑 하

은하수 햅별 밥상

흉년의 꽃밭서덜 서러움도 다 헹군 듯

울컥 눈물을 삼켜 허기 넘던 굽이굽이

천수답 한평생에도 달빛 신명 넘쳤었지

'農'은 뭇별(辰)들의 장엄한 향연(曲)임을

바람에 이는 시름 목이 메는 추임새로

한 됫박 허연 쌀뜨물 은하수로 펼쳤으니

듣는가 어디쯤 고동치는 뜨거운 선율

앞앞이 어둠이래도 옹기종기 나누던 정

꿈꾸듯 그리 살았제, 간절한 눈망울들

프로필

시인. 문화콘텐츠학 박사. 〈조선일보〉〈경향신문〉 신춘문예 등단. 시집 『마음 꽃 달항아리』 외 다수. 중앙시조대상 등 수상. 현) 강남문인협회장, 전) 한국 문인협회 부이사장.

권 갑 하

누이 감자

잘린 한쪽 젖가슴에 독한 재를 바르고
눈매가 곱던 누이는 흙을 덮고 누웠다
비릿한 눈물의 향기
양수처럼 풀어 놓고

잘린 그루터기에서 솟아나는 새순처럼
쪼그라든 시간에도 형형한 눈빛은 살아
끈적한 생의 에움길
꽃을 피워 올렸다

허기진 사연들은 차마 말로 못하는데
서늘한 눈매를 닮은 오랜 내력의 깊이
철없이 어린 꿈들은
촉을 자꾸 내밀었다

강 병 철

Snow falling white birch forest

After wandering the world,
I now watch the snow falling
on a birch forest in Poland.

Every soul that leaves its home
will long for the land it once dwelled in,
the lingering scent of wildflowers left behind,
the laughter of a beloved voice.

I only miss the sunshine of Jeju.
There is no gift more precious than sunlight.
The autumn sun in Jeju is dazzlingly beautiful.
You will never know
how deeply I love the sunshine.

Standing beneath the gray sky,
watching the snow fall in a Polish birch forest,
in this divine and beautiful woodland,
I long for the warmth of the sun.

Snowflakes fall endlessly,
piling on the snow-covered birch trees,
as longing quietly settles in my heart.

눈 내리는 자작나무 숲

세상을 떠돌다가
이제 폴란드의 자작나무 숲에
내리는 눈을 바라본다.

고향을 떠난 모든 영혼은
한때 머물렀던 땅을 그리워하고,
남겨진 들꽃의 향기와
사랑하는 이의 웃음소리를 떠올린다.

나는 다만 제주의 햇살이 그립다.
햇빛보다 더 소중한 선물은 없다.
제주의 가을 햇살은 눈부시게 아름답다.
그 누가 알겠는가.
내가 햇살을 얼마나 깊이 사랑하는지.

회색 하늘 아래 서서
폴란드의 자작나무 숲에 내리는 눈을 바라보며,
이 신성하고 아름다운 숲속에서
태양의 따스함을 그리워한다.

끝없이 쏟아지는 눈송이가
하얗게 덮인 자작나무에 쌓이며,
그리움은 조용히 내 마음속에 스며든다.

프로필

강병철 박사는 1993년 제주문인협회가 주최하는 소설부문 신인문학상을 수상하며 문단에 데뷔했으며 2016년 『시문학』에서 시인으로 등단했다. 2012년 제주대에서 국제정치전공으로 정치학 박사학위를 받았다. 제주대학교 평화연구소 특별연구원, 인터넷 신문 '제주인뉴스' 대표이사, 충남대 국방연구소 연구교수, 제주국제대 특임 교수, 한국해양전략연구소 선임연구위원, 제주통일교육센터 사무처장, 한국세계문학협회 창립회장 등을 역임하고 현재 제민일보 논설위원과 한국평화협력연구원 부원장으로 활동하고 있다.

나 용 준

쉐도우라이프*

어릴 적 고향아침 이슬 반짝반짝 빛날 때
언덕 너머 냇가에 옹기종기모여 있는 갈대 숲
바스락바스락 낄낄거리며몸을 부대끼는 소리
유쾌하고 즐거웠던 기억
아침 해가 떠오르고새벽 안개 걷히면
호숫가에 수를 놓은 유연한 빛
따사로운 햇살이 부드럽게내 등을 어루만질 때
물고기 떼들이 내 몸을 감싸고
이리저리 자유롭게 유영하며함께 춤사위를 벌였지
정오의 뜨거운 햇볕이대지를 한창 달굴 때
당산나무 아래 사람들이 하나둘
옹기종기 모여들고이내 내 품에 안겨서
이야기꽃을 피우기도 했지
세월은 흘러머리에 하얀 흰 눈이 소복이
쌓일 때까지시간 가는 줄 모르고
다람쥐처럼 집과 직장을돌고 돌았지
생활도 안정되고, 애들도 컸고,이제 그럭저럭 좀 살 만한데
좋은 아빠, 착한 남편, 다정한 친구,
고마운 이웃,감사하다, 대단하다, 훌륭하다,
인정과 칭찬에 목말라하며살아왔는데...
나는 어디에 있는가나는 어디로 침잠하는가
저녁노을이 거스름하게 흐드러진 버드나무 잎 사이사이로 뚫고
천 길 심연의 바닥으로붉은 눈물을 주르륵 주르륵 흘리며
내려앉는다 슬픔 꿈처럼 그림자처럼

*쉐도우라이프: Shadow Life: 그림자 인생

나 용 준

마차푸차레*

찰나 속에 영겁의 세월이
우뚝 솟는다.
새하얀 칠흑의 광채
까아만 순백의 포옹
흑백이 하나 시공이 하나
시작과 끝이 없는 곳신들의 고향

전율하는 인연의 고리
모두가 하나,
연기불이(緣起不二)
둘이 하나 되어
나도 없고 너도 없고,

불이무아(不二無我)

있는 듯 없는 듯
모든 것은 사라지고,
무아무상(無我無常)
보이는가,저 청천 허공의 외침,
들리는가,저 고봉 준령의 자태,
무상지공* (無常之空)
나는 어디에 있는가
깨어라 깨어라
진아여여*(眞我如如)!

*마차푸차레: "물고기 꼬리"라는 뜻으로,히말라야 남부에 있는 높이6997m의 산.에베레스트의 아마다블람,
알프스의 마터호른과 함께 세계3대 미봉으로 불린다.봉우리 중 가장 아름답고 영험한 곳으로 알려져 있으며,
인간의 출입이 통제되는 히말라야의 영봉이다.
*무상지공 (無常之空) : 무상은 모든 것이 덧없다, 사라진다는 뜻으로, 불교 교리의 핵심인 공 (의식을 고집하
거나 대상을 실제라고 생각하는 것을 부정하는 것) 사상과 깊이 연관되어 있다. 그런 의미에서 필자는 "무상은
즉 공"이라고 보았다.
*진아여여 : Be As You Are : "있는 그대로 근원적인 참 나로 존재하라"는 뜻. "나는 누구인가"의
저자, 라마나마하리쉬의 설명.

프로필

문학박사, 시인 , 평론가
미국 오클라호마 주립대 영문학박사, 경희대 전임교수 역임
국제펜클럽 정회원, 문예지 시산 발행인, 시산문학작가회 회장(9.10.11대)
역임,
제10회 시산문학상, 제15회 시산문학상 수상
현)교육법인 나교수어학원 대표이사
*시집 『소원에게』『아침명상

나 호 열

촉도蜀道

경비원 한 씨가 사직서를 내고 떠났다
십 년 동안 변함없는 맛을 보여 주던 낙지집 사장이
장사를 접고 떠났다
이십 년 넘게 건강을 살펴 주던
창동피부비뇨기과 원장이 폐업하고 떠났다
내 눈길이 눈물에 가닿는 곳
내 손이 넝쿨손처럼 뻗다 만 그곳부터
시작되는 촉도
손때 묻은 지도책을 펼쳐 놓고
낯선 지명을 소리 내어 불러보는 이 적막한 날에
정신 놓은 할머니가 한 걸음씩 밀고 가는 저 빈 유모차처럼
절벽을 미는 하루가
아득하고 어질한 하늘을 향해 내걸었던
밥줄이며 밧줄인 거미줄을 닮았다

꼬리를 자른다는 것이 퇴로를 끊어 버린 촉도
거미에게 묻는다

나 호 열

말의 행방

소문이 한바탕 지나간 뒤에
벙어리의 입과
귀머거리의 귀를 버리고서
잘못 들으면 한 마리로 들리는
무한증식의 말을 갖고 싶었다
검고 긴 머리카락과
길들여지지 않은 그리움으로
오래 달려온 튼실한 허벅지를 가진
잘못 들으면 한 마디로 들리는
꽃을 가득 품은 시한폭탄이 되고 싶었다
길이 없어도
기어코 길이 아니어도
바람이 끝내 어떻게 한 문장을 남기는지
한 마디면 어떻고
한 마리면 또 어떨까

천리 밖에서 나를 바라보는
야생의 그 말

프로필

충남 서천 출생(1953), 경희대학교 일반대학원 철학과 졸업. 월간문학
(1986), 시와시학(1991)로 등단.
시선집 『울타리가 없는 집』, 『바람과 놀다』. 시집 『안부』『안녕, 베이비 박
스』 등 20 여권. 저서, 『도봉의 인물』, 『인성과 현대문화』공저 『남양주 석실
서원』, 『운악산 봉선사』, 『도봉산』 등. 한국문화예술위원회 지역문화위원,
한국예총 정책연구위원장겸 월간 『예술세계』 편집 주간 역임, 현재 도봉문
화원 도봉학연구소장

마 경 덕

근육들

근육을 소비하고 순식간에 사라지는 소낙비, 근육이 빠진 어느 정치인의
공약처럼 바닥에 뒹군다

몸집을 키운 사내들이 괴물처럼 변해버린 육체를 전시 중이다 전봇대를
붙잡고 버티는 헬스클럽 광고지, 비에 젖은 종이의 근육도 만만치 않다

선거 벽보를 장식하던 노인의 이름에도 근육이 있었다 소나기처럼 찾아
온 권력은 자주 뉴스에도 등장했다 쉽게 무너지지 않는 하늘이 있었다

화폐의 근육으로 터질 것 같은 금고들, 인맥이 촘촘한 저 노인도 화폐 속
에 숨은 질긴 실처럼 자신의 전부를 은폐했다

바다의 근육으로 쫄깃한 모듬회가 나오기 전 쓰끼다시로 등장한 흐물흐
물한 연두부, 이 빠진 노인 같다 입속에 살던 서슬 푸른 호령은 퇴화하고
혀의 걸음도 어눌한
기억은 누수되고 한도 초과인 노인의 카드에는 근육이 없다

"가만히 있어도 해마다 근육은 감소됩니다" 의사는 그것도 병이라고 했다
하루치 근육을 다 써버린 태양이 서쪽능선으로 내려앉는다

프로필

2003년 세계일보 신춘문예 시 당선
시집 『신발론』『글러브 중독자』『사물의 입』『그녀의 외로움은 B형』『악어
의 입속으로 들어가는 밤』
두레문학상. 선경상상인문학상. 모던포엠문학상. 김기림문학상. 미래시학문
학상. 문학에스프리 문학상 수상.

마 경 덕

환지통

잘린 나무는 어떻게 긴 밤을 견디는 것일까
없는 가지가 사무쳐 온몸으로 벅벅 허공을 긁는다는 말, 허공이 욱신거려
손목이 돋는 봄을 기다린다는 말
이것은 손톱에 때가 낀 나무들만 아는 이야기가 아니다

피가 나게 허공을 긁어본
보기 좋은 나무들은 손목이 없다

그들이 제일 먼저 떠올린 건 마취제일까 진통제일까

교통사고를 당한 사내도 다리가 아파 못살겠다고
없는 다리를 만지며 엉엉 운다

의사가 말했다
사라진 다리를 기억하는 것은 뇌라고
걷고 달리고 걷어차던 습관을 뇌는 아직 붙잡고 있는 거라고

오래전 죽은 아들의 이름을 부르는 홀아비도
없는 자식이 그토록 아프다고 한다

살아있는 것처럼,
없는 다리가 아프고
없는 자식이 또 아프다

치장을 마친 정원의 나무들이 동쪽 허공을 문지르며 우는 밤이다

박 가 을

기다림은 그리움이다

네가
지금 내 곁에 없음은
나는 너를 기다리는 동안
외로운 고통을 이겨야만 했다

창 너머 언덕 위에
하얀 눈이 저렇게 쌓이는 날이면
가슴 시린 오늘이 더 아프다

숨조차 컥컥 막혀
유리창 안에 갇혀
책 냄새 퀴퀴한 도서관이
쓸쓸한 바람이 더 외롭게 한다

너는 모를 것이다
사람이 그립고
사랑이 목마른지를
그러나
나는 저 하얗게 쌓인 눈처럼
햇볕이 들면 깨어나 있을 거다
기다림은 그리움이니까

박 가 을

돌아볼 수 있어서

그대는 늘 그 자리에 있다며
늘 입술로 고백하지만
그 마음이 어디에 있는지
아직도 나는 모르겠다

지나온 세월 모두가
돌아올 수 없는 시간이라면
삭풍에 흔들이는 나뭇가지처럼
홀로 견딜 수가 없다

내 안에 감춰 놓은 별 하나
어느 때가 되면
저 하늘로 보내야 한다며
나는
이 쓸쓸한 겨울밤을 지키고 있다

프로필 ────────

호 春秋. 陽山충남 부여 출생
호서대학교 행정 대학원(석사)졸업
논문 : 老人 餘暇活動 改善方響에 관한 硏究
1985년 시집『그대의 초상』상제
월간 스토리문학 재등단(2004)
국제펜한국본부 회원. 경기문학인협회 회원
(사)한국문인협회 이사. 한국문협방송 방송위원장
한국문인협회 안산지부 역대 회장
한국문인협회 평생교육원 시창작 교수
시섬詩학당 촌장/시창작 지도
계간『한국가을문학』발행인
작품집 :『동해로 떠나는 낙타』외 12권
에세이집 :『언어와 문학의 숲』
이론서 :『詩창작 이론과 실제』
수상 : 성호문학상(21회)..경기도문학상(2009).
　　　경기문학인 대상(2014). 안산문화예술 대상.
　　　제43회 조연현 문학상(2024) 외 다수

참여작가(가나다 순)

고 응 남

엇박자의 묘미

부에노스아이레스의 거리. 산 텔모 지역. 벼룩시장은 관광객과 현지인 등 사람들로 인산인해를 이루었다. 다른 지역에서는 볼 수 없는 다양한 문화를 경험할 수 있었던 새로운 세계의 경험이었다. 옛날부터 유럽 이민자들이 모여 살면서 집단 거주지로 형성되어 있었던 곳. 부에노스아이레스. 2003년 봄에, 잠깐 들렸던 아르헨티나의 수도이다.

오래된 모든 것들을 만나볼 수 있는 곳이다. 오래된 간판, 옛 사진과 우표, 먼지 쌓인 맥주병 등. 엔틱 가게, 중고가구, 골동품 가게들을 기웃거리며 어디선가 들려오는 탱고 음악까지 참 매력적인 거리였다. 유럽에서 볼 수 있는 건물들과 분위기 좋은 카페도 많았다.

탱고 춤을 추는 거리의 댄서들. 나의 발걸음을 가장 오래 머물게 한 장소였다. 다른 여러 가지 기억들도 있지만, 더 강렬하게 연상 되었다. 리드와 팔로우로 쌍을 이루며, 가슴과 가슴을 맞대고 서로 안은 채 음악에 맞춰 추었다. 갑자기 각도가 바뀌는 격렬한 동작, 상 하체 분리와 시간 차이를 이용하여 다양한 발 동작이 이루어지는, 멋진 춤이라고 느껴지게 되었다. 탱고의 나라에서, 복잡한 거리에서 원조 춤을 보는 행운을 얻게 되었다. 거리의 댄서들 춤에 흥을 맞춰 옆에서 추는 행인들도 있었다. 우리나라에서는 볼 수 없는 진기한 거리의 풍경에서 문화의 차이를 생각하게 되었다.

라보카 지역의 카미니토 거리. 산 텔모에서 약 40분 정도 발걸음을 옮겨 걸었던 곳이다. 지금은 유명한 관광 거리가 되었지만, 탱고의 발상지로 알려져 있었던 이 거리. 나의 시선과 발걸음을 멈추게 하였다. 원색과 파스텔 색깔 톤으로 알록달록하게 칠해진 건물들. 여기저기 자유스럽게 그려진 벽화들. 참 특이하고 독특한 거리였다. 세월의 흔적이 쌓인 여러 저택과 골목, 역사를 자랑하는 맛집. 가난과 빈곤으로 가득 찬 라 보카 지역. 그중에서도 항구와 가까운 카미니토 거리에서 탱고가 탄생한 것이었다. 빈민가 속 탱고의 거리. 몇 시간을 돌아다녀도 질리지 않고 여전히 보고 즐길 것이 넘쳤던 곳이었다.

1980년대, Y 대학교 2학년 때 일이었다. 수학과 연합 MT를 간 적이 있었다. 학년별 MT가 아니라 선후배 친목과 단합을 위하여 갔던, 수학과 전체 학년 MT이었다. 프로그램 일정 중에 장기 자랑했던 일정이 있었다. 팀별로 노래도 부르고, 웃기는 얘기도 하고, 춤도 추는 그러한 시간이었다. 아마도 인원이 70명쯤 되었다. 7명씩 10팀이 만들어졌는데, 그중에서 내가 속한 팀이 우승을 하였다. 3등까지 상을 받았다. 내가 속한 팀이 음악에 맞춰 율동을 하며 춤을 췄던 것으로 생각났다. 그 우승팀 인원 중에서도 내가 MVP를 받아 특별상을 받은 기억이 났다. 경청하던 다른 팀들이 앵콜을 하였는데, 우리 팀이 춤을 추니 배꼽 잡고 다시 신나게 웃었던 기억이 났다.

나의 MT에서의 춤과 산 텔모 지역의 거리에서의 춤. 문득, 기억의 잔상이 겹쳐지고, 추억 잔상이 새롭다. 나의 MT에서의 춤은 나중에 알게 된 얘기이지만, 춤을 잘 추어서 받은 MVP가 아니라, 그 팀 내에서 유독, 나 혼자만 반 박자 다르게 엇박자 춤을 추었던 것이었다. 잠시나마 최고의 춤꾼이라고 즐겁게 행복하게 착각했던 것이었다.

탱고의 기본 동작은 그 당시의 불편한 옷을 입고 이리저리 움직이다 보니 나온 동작을 바탕으로 발전했던 춤이다. 실수 또한 춤의 스텝이 되는 것처럼 탱고의 기본 동작이 유래 되었다. 엇박자에서, 실수에서 남에게 힐링을 주게 된 춤. 바람에 의해 일어난 물결 파도의 너울처럼 춤을 춘다. 지금도 나의 생각 속에서 공감을 준다. 옛 추억의 MT에서, 아름다운 부에노스아이레스의 거리에서 엇박자의 추억 리듬을 탄다.

프로필

제주 출생, 소설가·시인·수필가·화가, 백석대학교 교수/학부장 역임, 노스웨스트 사마르 미술대학 석좌교수 역임, 『계간문예』 소설부문 등단, 『신문예』 시부문 등단/·수필부문 등단, 소설 「건넌방 불빛」, 수필집 『미뇽 그 남자』 외 26권, 시 「하르방 하르바방」 외 다수, 한국문예 수필 대상, 시산연농문학상 수상(수필집), 근정포장/국무총리상/서울시장상/행안부 장관상/지식경제부 장관상 수상, 종로문인협회 부회장, 대륙문인협회 상임 부이사장, 작가와 함께 고문, 문학리더스 자문위원, 마포문협 주간

김　단

소금꽃 전시회

저 멀리
희미한 달빛이
축 처진 어깨를 부여잡고
사립문안까지 걸어오고 있다

두어 평 남짓 좁은 공간에선
안도의 한숨이 방바닥을 향해
털썩주저 앉아버린다
귀찮은 듯
구멍 난양말을 벗자
서글픈 냄새가온방 가득 번져가고
달빛이 벗어놓은 메리야스엔
아주 오래전에 말라버린소금 꽃이
선명하게 반짝인다

찰랑찰랑
눈물 고인 술잔은
어느새
가난한 숨소리가 되어
좁은 공간을 가득 채우고 있다.

김 단

초월[超越]의 영역에서

친구야
흘러가는 세월의 강가에서
우리 바람처럼 순응하며 살아가세
바람이 있기에 꽃이 피고
꽃이 져야 열매가 열리거늘
어이 떨어진 꽃잎만 들고 그리도 성급하게 주저앉아만 있는
가
바람이 달려가는 숲길에선 가녀린 들꽃마저도
저렇게 즐거이 노래하고 춤추는데

친구야
피지 않으면 꽃이 아니고
불지 않은 것 또한 바람이 아니며
멈춰 서버린 모든 것 또한 세월이 아니라네
태초 원시의 삶은 희극과 비극이 아닌
무미건조한 한편의 드라마였겠지만
아둥거리고 바둥거리며 살아온 삶의 도중이지만
이른 아침 거울가에 비친 삶의 주름이
그리도 친숙하게 느껴지는건 어이 된 일일까
괜스레 창틀 너머에서 살짜기 불어오는 바람에
눈시울이 붉어지는건 또 어이 된 일일까

친구야
우리 삶의 의미를 부여하지 말아보세

김　단

하나하나의 행동에 감정을 대입하지 말아보세
초월의 나이
깊은 각성은 통속한 세월을 보는 한 단면일 뿐
이제는 눈으로 일상을 보는 것이 아니라
가슴으로도 삶을 볼 줄 아는
그런 혜안을 가지고 살아가 보도록 하세
태초부터 초월이라는 단어 속에는
무한이라는 제한선은 없었으니까

친구야
우리 이렇게 살아가세
물처럼
바람처럼
저기 저렇게
두리둥실 흘러가는 저 뭉게구름처럼 말일세.

프로필

수필가.소설가.칼럼니스트
신정문학&신정문인협회 수석부회장
울산광역시 북구문학회 부회장
대한민국 보훈방송 영남 총국 편성국 전 주필
울산광역시 올해의 책 읽기 추진위원회 청소년분과 전 위원장
단편영화 유리가면 강형사 역 주연

김 도 연

영원한 사랑

나는 아직 보내지 않았는데
임이 가신다고 합니다

추억 속에묻어둔
하염없는 그 사랑
가슴 한편에간직한 채

길가에이름 모를
꽃을 보면
가신 님의미소인 듯
시린 가슴쓸어내리며

난 아직 이별이아니었다고
보낼 수 없는 간절한 님의 사랑
동공 속에담고

님께서 가실그 길
훠이 훠이 헛손질하며
내 안에 그 사랑
깊이깊이담아 두렵니다

김 도 연

그 사랑

말없는 시간 속에
하늘보다 높아진 그리움 하나
보고픈 마음 산이 되어
그 모습 화폭에 담았어요
화장하지 않아도 이쁜 내 어머니

봄, 여름, 가을, 겨울
끊임없이 맴도는
고달픈 삶의 파도 힘겹지 않은
동그란 마음으로 웃게 합니다

가슴 아픈 상처도
기쁨의 순간에도
나를 위해 샘솟던 기도 소리
마르지 않는 어머니의 마음

기쁘게 웃을 수 있는 것도
마음의 길을 여는 것도
멈추지 않는 어머니 사랑 못 잊어
고립된 섬에서 숨을 고릅니다

프로필

화가 · 시인
한사랑문화예술협회 명예회장
한국미협종로지부 자문위원
한국문협종로지부부회장
한국예술총연합회종로지부자문위원 국제펜한국본부이사

시집 :그리고 여백 /지지 않는 꽃/영혼의 숨결이 머무는 곳
공저 :시는 노래가 되어 외 다수
작사:다 잘될 거야 외 130여곡

     국내 문학상 수상작 작품 모음집

김 선 영

나무가 아니지 생각했어

가습과 추위에 약한 금전수 화분이
가게 안으로 들어 온 날부터 시작되었다

별일도 아닌 것에 쉽게 무너지지 말아야지
나약하게 흔들려도 뿌리 채 뽑히지 않을 거야

나는 나무가 아니지 생각했다

나무로부터 멀어지는 과정이 감각으로 구별되지 않았다
야채를 다듬는 일부터 시작해야지,

짓무른 속을 간신히 빠져나온 전율 보다 강한 떨림이 낱낱이 다져지고 있다

문이 열리고 손님들이 모여 어떤 농담을 늘어놓고
셋이거나 넷인 자리가 직접적으로 닿지 않는 시간에

뭘 훔쳐본 적 없는 나는 바깥 공기를 살피기 위해
주차장 쪽을 향해 한껏 진지한 표정으로 걸어갔다

낯익은 사람들이 가게 앞을 지나 갈 때 산책중이냐는 질문을 하고
대답 대신 테이블 위엔 눅눅해진 대기 번호가 나뒹굴고 있다
푸석해진 손을 펼쳐보았다

절묘한 타이밍은 반사적으로 움직이지

둥근 마켓은 이기적인 산수를 하고 어제 사온 깻잎이 시들어 가도

반복 재생으로 지루한 주문이 들어오고 있다

실직으로 무릎 병에 걸린 후일담이 냄비 안에서 끓고 있다

거꾸로 솟구쳐야 직성이 풀리던 나는 더 이상 바깥으로 넘치지 않는다

거품으로 사라질 수면의 세계엔 무엇이 완성 될 수 있을까
존재 의식을 끌어 올려도 한가한 날엔 조바심이 생겼다

접혀있던 폴딩도어를 펼쳤다

좁은 틈사이로 느릿하게 공기가 순환 되고 있다

곳곳에 놓여 있는 화초에 물을 주기 시작했다

말라가는 떡잎으로 버티고 있는 나무 한그루
안쪽으로 잎이 말리다가 갈라진다

원하는 대로 바라는 대로 이루어질 거야, 뜻 말을 나무에 꽂아 놓았다

한 몸인데 누군가는 돈 나무라고 이름을 불렀다

규칙을 패턴으로 바꿔 말하면 공통분모가 새로운 세계로 진입할까

한 장면이 겹쳐지지 않아도 아침이 열리고
잠들어 본적 없는 계절은 순식간에 멀어진 체도로부터 뿌리를 내리고 있다

프로필

전북 김제출생, 동국대학교 국어국문학과졸업
시집『달팽이 일기』『어디쯤 가고 있을까』『시들 시들한 詩』국영문 시집
『향낭 속에 간직했던 시어가 꽃이 되다』『감정 스펙트럼 노트 』「봄날은 간다
(공저)외 다수」
제27회 영랑문학상 본상, 제28회 순수문학상 본상, 제3회 서울시민문학상
대상, 제22회 황진이문학상 본상, poetry korea 2021 국제화에 앞서가는
시인 상, 제9회 전라북도 인물대상 (문학창작 공로부문) 대상,
제17회 서울시문학상 수상, 전국 나라사랑, 독도사랑 수필부문 최우수상,
국제pen한국본부 이사, 한국문인협회 이사, 한국여성문학인회 이사,
기독교문인협회 간사 및 이사, 한국시인협회 회원, 동국문학인회 회원
단테문인협회 부이사장

김 성 민

찔레꽃

햇볕 내리쬐는 산모퉁이에
그 하얀 꽃잎이 바람에 춤출때
그대와 함께 걸었던 논과 밭 사이 길이
다시 찾아와 꽃피는 계절이 새로워요

찔레꽃 피면 그대 생각에
하얀 꽃잎의 잊힌 얼굴들 그대 향기가
아직도 내 마음 흔들어 놓고
옛 동심은 살아나요

가시를 키운 찔레나무 아래
새순 먹었던 잊힌 얼굴들
한 송이 한 송이 찔레꽃 그대에게
고운 미소 가득 띄워 당신 곁으로
돌아갈 수 있을까요

해마다 피고 지는 찔레꽃이
우리 사랑을 기억할까요
꽃이 피면 그대가 돌아오고
우리는 함께 걸을 수 있을까요

김 성 민

행복은

잠시 명상에 젖다
문득 생각나는 사람
옛 추억을 나눌 수 있고
외로울 때 부를 노래가 있다는 것 행복입니다

서로 손 내밀고
서로 빈자리도 채우던 마음은
먼 곳에 있는 것이 아니라
아주 가까이에 있습니다

상처를 다독이고 나를 위로하고
언젠가 잘 해보리라
맘먹은 일들이 하나 둘 내 안에
소망으로 자라나는 것은
내일로 향한 행복입니다

행복은 무엇이냐고 내게 묻는다면
나는 웃으며 이렇게 말하고 싶습니다
욕심을 버리고 희망찬 아침을 열어가는
하루가 곁에 있음이라 말하렵니다

프로필

단테문인협회 낭송 이사
대한문인협회 정회원
단테 문인협회 이사

김 시 림

꽃물 들다

샛바람 부니
당신이 더욱 보고 싶다

언덕을 빼곡히 덮은
강아지풀들 일제히
서녘 하늘 향해 달리고

석양 마루 잉걸불로 타는
노을, 집집 창문마다
꽃물이 든다

약속도 없이
대문 활짝 열어두고
볼 수도 만질 수도 없는
당신,
마중 나간다

프로필

동국대학교 문화예술대학원 문예창작학과 졸업
1991년 《한국문학예술》, 2019년 《불교문예》로 등단
시집 『쑥냄새 나는 내 이름의 꿀떡게 바닷가』 『그리움으로 자전거 타는 여
자』 『부끄럼 타는 해당화』 『물갈퀴가 돋아난』 『나팔고둥 좌표』
심호이동주문학상 수상
백릉白綾 채만식문학상 운영위원

김 시 림

화병을 앞에 두고

덩굴 사이 목련꽃 두 송이
다정히 눈 맞추는
청자 목련 무늬 화병

철마다 들꽃 한 송이씩 꽂아두라던
아지랑이처럼 살랑거리는
네 말

오래전 어느 선상
썰물 진 모래톱에 나란히 누운 조개껍데기처럼
마음이 젖은 적이 있었던 우리

모래 결 같은 나를 맨발로 걷고 싶다던
가슴이 뜨거웠던 너

오늘은 찰박찰박 다시 밀물져 와선
회초리 같은 매화 가지 하나 건네줄 것만 같은

김 연

달빛아래 앉아

찾아온 달에게
권할게 아무것도 없다.

조라한 세간살이
그대로 말할까.

먼지 앉은 빈 부엌
이미 알고 있으리라.

그래도 매번 빈손이어서
그만 염치가 없다.

어둠에 묻혀 있지만
앞마당의 안개꽃 건네볼까.

꽃을쥔 손은 따뜻하니
조라하다 탓하진 않으리라.

프로필

단테문인 협회 이사
대한문인협회 정회원

김 연

산골의 새벽

창틈으로 스민 푸른별빛이
간지럽히듯 볼 위를   고 지나간다
먼나라 사막의원주민이 쓰던 낫처럼
시퍼런 초승달이 서쪽하늘에 걸려있다
칠흑의 숲속에서
무슨 비밀을 모의 하는지
나즉히 새소리가 들린다
창밖의 뿌연 가로등 불빛은
어제와 매양 같지만
상념은 매번 서로 다르게 깊어만 간다

차가운 벽쪽에 바짝 기대어
흐르는 시간쯤은 외면한채
자지러지는 새벽을 지켜본다
조각담요 밖으로 삐져나간 발끝이 시리게
냉기가 벽 안으로 스며든다
깨어있으나 잠들어 있으나
침묵하기는 마찬가지이다
골짜기는 지금 평등하다
의식이 있는 모든 것 들에게
시간은 골고루 주어져 있고
누구도 모나지 않으나
그러나 치열하게 각자의 출발선에 서있다

김 영 순

노래를 통해 본 나의 꿈

요즈음 들어 방송사마다 노래 경연대회를 진행하고 있다. 그동안 이름을 떨치지 못하던 일명 무명 가수들이 혜성같이 등장하여 인기를 누리고 있다. 그중 몇몇 가수는 커다란 펜 덤을 일으키며 승승장구하고, 십여 년 이상을 무명(인기가 많지 않아 알려지지 않은) 가수로 생활하다가 경연에서 알려진 후, 수십억 대의 자산가가 되기도 하고, 사회적인 명성과 인기를 누리기도 한다. 다양성이 인정되는 시대, 자기를 어필하고 특별히 나타내는 시대임을 알 수 있는 부분이기도 하다.

 내가 어릴 때는 학교에서 배운 '고향의 봄', '강변 살자', '과수원 길' 등의 동요가 대부분이었다. 그런데 요즈음 경연대회에 참가한 어린이들이 트로트를 구성지게 잘 부르는 모습을 보며, 뜻이나 알고 부르는지 의아해하면서도 어른 못지않은 감성과 가창력으로 노래하는 모습에 감탄하곤 한다. 내가 어릴 때는 어린이가 유행가를 부르면 어른들로부터 야단을 맞거나 학생이 그런 노래를 하느냐며 안 좋은 눈초리로 보았었다. 요즈음처럼 마음 놓고 유행가를 부르는

프로필

* 월간『신문예』 시·수필·소설 데뷔
*국제PEN 한국본부 정회원
*인사동시인협회 사무국장
*은평향토사학회 부회장
*한국문예작가회 *은평문협
*새한국문학회 *공무원문학회
*제1회 '월이 시' 노랫말 은상 수상
*제11회 하이데거 문학상
*제8회 에스프리 문학상
*제3회 서울시민문학상(수필부문)
*저서 그림책[별이의 생일 이야기], 시집[아라뱃길의 바람]
*공저 *소설 [가설들] 외, 시, 수필 동인지 다수 발표.

아이들을 보며 부럽기도 하고 저래도 되나 싶을 정도로 어린이들이 동요보다 어른들의 트로트를 부르는 것이 걱정되기도 하고 신기하기도 하다.

학창 시절 합창반에서 배운 '로렐라이 언덕', '솔베이지 송', '에델바이스' 등과 '선구자', '봄 처녀', '동무 생각'과 민요 등을 자주 불렀던 기억이 있다. 한편 아버지가 좋아하시던 배 호의 '돌아가는 삼각지'와 이애리수의 '황성옛터', 현미의 '밤안개'를 가끔 들었던 기억도 난다. 이 삼십대의 젊은 시절 애창곡은 남진의 '임과 함께', 한 경애의 '옛시인의 노래'와 김태희의 '소양강 처녀' 등의 노래만 부르곤 했다.

그 무렵 우리 주변에 노래방이 우후죽순 생겨나고 노래 가사와 반주해주는 기계가 등장하였다. 회사에서 행사나 회식을 하고 2차에는 노래방을 가는 일이 잦았다. 당시 유행하는 노래를 잘하는 사람들은 꽤 인기를 누리곤 했다. 그런데 가물에 콩 나듯 어쩌다 한 번씩 노래방에 가는 나로서는 일명 노래방 기계라고도 부르는 이 기계가 없으면 아예 노래를 한 곡도 못 부르게 되었다. 아는 노래라고는 학교 다닐 때 배운 동요나 가곡 몇 곡, 그것도 혼자서 흥얼거리는 정도이지 다른 사람 앞에서 자신 있게 부를 만큼은 아니었기 때문이었다.

40대의 나는 분위기를 띄우기 위해 노래방 기계의 도움으로 김수희의 '남행열차'를 열창하고는 얼른 마이크를 넘기고, 손뼉만 열심히 치면서 분위기를 맞추다가 어느 정도 차분해지면, 임주리의 '립스틱 짙게 바르고', 현미의 '밤안개', 김상희의 '빨간 선인장'을 불러 나름 분위기를 내곤 했다.

젊은 시절 나는 슬픈 노래를 좋아하면 인생도 슬퍼질 거라는 불길한 예감에 가능하면 즐겁고, 신나고, 행복한 노래를 좋아하려고 노력했던 적이 있었다. 가능하면 슬픈 노래는 외면했다. 그러나 실제로 나에게 맞는 노래는 느린 박자에 슬픈 곡조의 노래였다. 한동안 분위기 몰이꾼용으로 남행열차를 열창했었는데, 그 노래도 사실은 잃어버린 첫사랑도 흐른다는 슬픈 노랫말이 아닌가? 가끔은 박구윤의 '뿐이고'도 분위기 메이커용으로 불렀다. 이렇듯 세월 따라 좋아하는 노래도 달라지는 것이 인생 아닌가 싶다.

나는 젊은 시절 피아노로 동요 정도는 외워서 칠 정도였으나, 우쿨렐레, 기타, 드럼을 배우고 싶어 짬을 내어 잠깐씩 시도해 보았으나, 악기 연주는 내게 맞지 않았다. 오랜 수련과 꾸준함이 필요한 악기 연주도 힘들거니와 나처럼 노래가 안되는 사람은 맞지 않는 분야였다. 음악을 많이 즐기지 못해 듣는 귀도 발

달 되지 않았고, 열정도 부족해 음악에는 문외한 임을 인정해야 했다. 더구나 허스키하게 쉰 목소리와 박치인 나는 자신 있게 노래 부를 수 없었다. 남 앞에서 말하는 것도 잘 못 하는 내가 언감생심 노래라니! 하지만 달밤에 밥주걱으로 탁구 폼 연습하듯이 쓸쓸해지는 가을이 되면, 통과 의례처럼 혼자서 '옛시인의 노래'를 포함해 노래책 한 권을 줄줄 불러보곤 했다. 노래가 싫은 것은 아니리라.

 근래에는 트로트 열풍에 젖어서, 나훈아의 음악에 빠져들었다. 특히 '홍시'의 시적 표현에 매료되었고, '테스 형'은 시적 감흥은 물론 세태풍자적인 노래로 인기를 더한다. 노랫말이 우리의 마음을 흔드는 사랑과 철학이 담긴 노래라서 더욱 좋다. 나의 옆 지기는 "싱어송라이터로 800여 곡을 만들고, 부른 대한민국의 가황 나훈아, 100곡이 넘는 히트곡을 낸 나훈아의 음악 세계를 매우 극찬한다. 작사가 작곡가로 노벨문학상을 받을 만하지 않은가!"라며, '밥 딜런'도 받은 노벨상, 나훈아도 받음 직하지 않느냐'며. 나훈아의 노랫말과 노래를 흠모하며 노벨상을 강력추천하는 찐 팬이기도 하다. 나훈아를 국회로! 아니, 아니 노벨상 앞으로!!!

 한편 나는 몇 년 전, 우연히 경상남도 고성에서 열린 제1회 '월이 시, 노랫말 공모전'에 은상을 수상한 적이 있었다. 그 후로 노랫말에 관심을 가지게 되었다. 하지만 아직은 손대지 못하고, 마음뿐이다. 언젠가 멋진 노랫말로 사람들의 심금을 울리고 웃기며, 감동을 주고, 희망을 주는 작사가가 되고 싶은 야무진 꿈을 꾸기도 한다. '꿈은 이루어진다.'라고 누군가가 말했지? 그 꿈을 이루기 위해 부단한 노력을 아끼지 않을 때 말이다. 꿈이 살짝 내 곁에 다가올 날을 기대하고 믿으며, 다른 사람들 앞에서 자신 있게, 흥겹게 분위기를 띄우며 노래 부르는 나를 그려본다.

김 영 순

어떤 후회

요즈음은 처음 보는 사람의 나이를 가늠하기 어려운 경우가 많다. 생활 형편이 좋아지고 영양상태가 좋다 보니 생체나이도 예전 같지 않게 건강하고 외모도 젊어 보인다. 더구나 운동과 피부관리, 성형 등으로 제 나이보다 더 젊어 보이는 사람이 많다. 나이 든다는 것은 겉보기에도 나이 든 표시가 나타나 야 되는 것이 정상이 아닐까! 생각한다. 그러나 머리 색이 까맣고 젊어 보이는 경우가 많아 나이를 가늠하기가 더욱 어렵다. 어떤 이는 피부가 맑고 깨끗하고 머리도 검어서 50대인지, 60대인지 아니면 70대인지 80대인지 분간하기가 어려워 실수하기가 십상이다.

겉보기에 우리 인체 중에 나이를 가늠하는 첫 번째 척도이며 나이를 먹었다는 표시가 가장 잘 나타나는 곳이 머리이고, 염색으로 감쪽같이 나이를 10년 이상 젊어 보이게 할 수 있는 마력을 지닌 곳도 머리카락이라는 생각이 든다. 그래서 대부분 사람은 새치를 염색하여 머리가 흰 것을 감추거나 가리는 경우가 많다. 물론 젊은이들은 머리에 예쁜 색을 입혀 다양한 색으로 멋을 부리는 경우도 많지만, 나이 들어가면서 새치를 가리기 위한 염색이 50대 이후의 일상이 되고 있다. 심한 사람은 30대 혹은 40대부터 염색으로 새치를 가리는 변장을 하기도 하니 반칙 아닌가도 생각된다.

나의 머리는 염색한 지 한 달도 채 안 되어 1센티 이상 자라 하얗게 서리를 이고 있을 정도이므로 너무나 빨리 자라는 머리카락은 한 달에 두 번 정도 염색을 해야만 젊은 척 검은 머리를 유지 할 수 있다. 나이가 들어도 머리는 왜 그리도 잘 자라는지!

"먹는 것이 모두 머리로 가는 것인지!" "엉큼한 생각을 많이 하면 머리카락이 잘 자라난다는 우스갯소리가 정말일까?" 의문을 가지며, 머리가 많이 빠져 엉성해진 머리를 고민하는 친구를 떠올리면서 야(夜)한 생각을 하면 머리가 잘 자란다는 우스갯소리를 전해 줄까? 고민하며 웃음을 삼킨다.

 직장에 몸담고 있다 보니 상사들 앞에서 흰머리를 하고 다닐 수 없었기에 40대 중반부터 60대까지 갈색 머리를 유지하는 염색을 열심히 하고 다녔다. 또 옛 어르신들이 부모님 앞에서 흰 머리를 하고 다니는 것은 불효하는 것이라는 말도 있기에 퇴직 전까지는 검은 머리를 유지하며 한 달에 두 번꼴로 염색하는 것을 당연하게 생각했다.

 정년퇴직이 가까워지면서 제일 먼저 한 일은 염색을 멈추는 일이었다. 물론 주변의 원성이 자자했다. "왜 벌써 늙은이처럼 머리를 그러고 다니느냐." 며 친구나 지인들, 심지어는 가족조차 염색하라고 야단이다. 그래도 버티며 "내가 필요하면 언제든지 검은 머리로 염색하면 돼." 라며, "나이 들어 흰머리가 당연한 일이지, 왜 꼭 염색을 해야 되느냐!" 반문하며, 주변 사람들의 눈총 아닌 눈총을 받으며 버텨왔다. 그런데 작은딸이 시집을 가게 되면서 또 많은 압력이 가해졌다. 심지어 딸들도 "결혼식에는 염색을 꼭 해야 한다." 는 것이었다. 하는 수 없이 다시 검은 머리로 염색하게 되었고, 지인들도 "잘했다." 며 "십 년은 젊어 보인다." 며 "진즉에 그럴 것이지." 하는 반응이었다. 그 뒤로는 마음에 갈등 없이 당연하게 한 달에 두 번씩은 머리에 염색을 위해 미용실에 시간을 투자하고 있다.

 며칠 전부터 하얀 머릿속을 들여다보며 시간을 내보려 하지만 여간해서 짬을 낼 수가 없이 바쁜 나날이 계속되어 거울 보기가 싫었다. 오늘 일정이었던 강의가 태풍으로 갑자기 휴강하게 되었기에 1순위로 해야 할 일이 머리 염색하는 일이었다. 전화로 예약을 하고 미용실에 달려가 염색약을 바르고 기다리는 동안 이런저런 생각도 하고, 카톡에 댓글도 달고, 다음 일정도 점검하며 기다리다가 머리를 헹굴 시간이라기에 세면대로 이동, 자리를 옮겨 앉았다.

 머리를 헹구는데 다른 때에는 거의 느끼지 못했었는데, 오늘은 미용사가 물을 한도 없이 틀어서 염색약을 계속 닦아내는 것이 아닌가! 머리를 헹구어 주는 동안은 기분이 좋으면서도, 아까운 물을 십여 분간 계속 틀어 놓고 염색약을 닦아내며 흘려보내는 것을 보니 마음이 매우 언짢아졌다. 평소 물을 아껴 쓰는 것을 생활화하고자 노력하던 나였건만, 염색하고 물로 헹구어 내는 데만 이렇게나 많은 물을 사용한다고 생각하니 많은 물을 소비하는 염색이 얼마나 환경을 헤치는 일인지 새삼 깨닫게 되었다. 이십여 년 동안 염색으로 이렇게 오염된 물을 많이 만들어 냈다고 생각하니 더욱 마음이 무거워졌다.

　우리가 아무리 자연을 아끼고 산다 해도 문명 생활 속에서 살아가려면 알게 모르게 혹은 필요에 따라, 혹은 사회적인 이목에 의해서든 외모 관리와 이미지 관리를 위해서든 꼭 필요한 일인지 생각해 볼 일이지만, 왠지 마음이 무거워지는 것은 사실이다. 나 혼자 그런다고 세상이 달라지지는 않겠지만, 마음 한구석에 우리가 살아가면서 본의 아니게 자연을 훼손하는 일을 거침없이 행하고 있음을 깨닫고 조금은 자제하고, 자연을 아끼기 위해 우리의 삶의 패턴을 바꿀 필요를 느끼면서도 실제 실행하기는 참으로 쉽지 않음을 어쩌랴!

　우리가 자연을 아끼고자 노력하는 일이 꼭 필요한 것을 취하고 살아가면 좋겠지만, 한편으로는 생각 없이 편리를 도모하기 위하여 일회용품을 지나치게 쓰는 일, 혹은 사회의 구성원으로서 살아가기 위한 방편으로 우리들이 간과하고 지나가는 많은 일이 있음을 인식하고, 좀 더 자연을 아끼고, 좀 더 자연 친화적인 생활 방식을 추구해 나아가길 소망해 본다.

푸른 시학상

김 예 태

해바라기

지하철에 앉아 색종이를 접는 여자의 손가락에서 해바라기가 피어난다

이번 역은 동작 현충원역입니다
여자가 주섬주섬 해바라기를 들고 내린다
햇살 부서져내리는 강물을 건너와 여자는 어디로 가는 걸까

피융피융
총알들이 햇살의 레이더망처럼 날아다니고 있다

베티고지* 낙동갈 전투에서 슬전보를 전하고 쓰러진 병사들이 노란 철모
를 벗어 푸른 하늘에 푹 찔러 넣고 무리지어 외치고 있다
　"우리는 꽃같은 색시를 두고 왔슴다"

소피아 로렌이 해바라기 기득 핀 들판을 걷고 있다 **

묘역에서 병사들이 걸어나와 해바라기를 배경으로 소피아로렌과 기념촬
영을 하고 있다

*6.25때 중공군 800여 명을 물리친 최고의 승전지역
*영화 해바라기의 한 장면 - 신혼에 소집영장을 받은 남편과 비극적인
이별을 한다

김 예 태

버블

버블은 아이들의 화법, 비누가 쓰는 시
정결한 초심을 잃은 적이 없어요
아이들과 어울리려면 물의 세례를 받아야 해요
모서리를 녹여야 동글동글 부풀어 오르죠
말갛게 속을 비워야 흔들흔들 오를 수 있어요
해님과 손을 잡으면 방울방울 무지개가 되지요
마침내 마술사가 하늘을 제패하는 영혼을 넣어주어요
우린 패권에는 관심이 없어요, 가장 빛나는 순간에 사라질 뿐
죽음을 맞는 찰나에 무량한 하늘을 돌려받지요
마침내 아이들이 꿈꾸는 본향에 닿으면
청정한 허무 그 가벼움이 되지요

프로필

시인, 수필가, 평론가, 한국꽃예술작가(명고급사범), 문학박사
한국문인협회이사, 한국현대시인협회이사, 달섬문학회장, 시현장 동인
『상징학』편집실장
2013 〈상대성원리〉 2014년 〈아카시아〉 올해의 좋은 시 선정(푸른사상사)
2015년 〈해바라기〉 푸른시학상, 2018 『곡선에 관한 명상』(2023) 산문학상 수상
수필집 『문을 연 아가씨와 문을 닫은 아저씨』(2012), 시집 『빈집구경』(2014),
『예술은 좋겠네』(2018), 『곡선에 관한 명상』(202

김 재 원

고군산도

넓고 푸른 오선지에
크고 작은 음표 넣어
여백을 채우려
심연을 조율하는 파도
저 멀리서 낙조는 웃는다

프로필

동화 김재원
한국문인협회 정회원
한국작사가협회 이사
전북문인협회 정회원
광주문인협회 정회원
감꽃문학 회장

김 재 원

가을 바다

한낮 햇볕은
따갑지만 가을이라네
방금 샤워 마친 모래알
곱게 누워 잠을 자고

반짝이는 은빛 물결
저 지평선 넘어까지
출렁이는 임의 얼굴
그려보고 또 그린다

시침 떼고 누워있는 파도
입가에 소금 한입 훔친 듯
혓바닥 안은 갈증은
알 수 없는 그대 마음

수련/김 정 순

내일이란

바라는 세상에 너와 내가 웃는
그날이 오기를
기다리며 사는 것이더라

하루에 내린 어둠을
걷어내며 오는 새벽은
또 하루 훗날을 위해
열심히 살아내게 하는 것이더라

해와 달이 머무는 시간을
후회 없이 살아내고
내일을 기다려도 자고 나면
사는 것은 또 오늘이더라

내일이란
지금 이 순간 어떤 고난에도
버팀목이 되어
봄을 꿈꾸게 하는 희망이더라.

수련/김 정 순

호미

쉬는 날 없이 찍어 대며
젖은 눈물을 한, 세월
보냈었다

모진 세월
부여잡은 손 씨를 뿌려
바람 불면 꺾일까
비가 오면 녹아내릴까
주름진 삶 근심 걱정
편할 날 없다

묵정밭에 근심은 매도 매도
끝없이 자라 나오고
바람 같은 세월
닳아진 호밋자루 애환을 아는가
고달픈 인생길 손짓하며
커 나가는 자식들
검버섯 핀 나는 그들의
어미였다.

프로필

아호 수련 (水蓮)
서울디지털대학교 문예창작학과 졸업
2017, 대한문학세계 詩 부문 등단
대한문인협회 정회원
글로벌 문인협회 총무국장
(사) 한국문인협회 회원
(사)한국문학예술저작권협회 회원
시집: 〈당신 그리움에〉

김 정 화

꽃은 피는 순간을 안다

사람이 지나가고
무지개가 뜨고
바람이 불고
겨울이 오고
겨울이 흘러가는 동안
꽃의 정령은
생명의 싹을 틔우기 위해
아늑히 땅속으로 스며든다

긴 기다림을 알았다는 듯이
눈 하얗게 내려 지상을
덮는 날이 오면
마침내 꽃맹아리는
눈 속에서 한 떨기
노란 꽃으로 피어난다

날이 풀리고
눈이 녹고
봄이 가고
어느 따스한 날에
다시
눈 내리는 겨울을 맞이하기 위해
꽃은 노랗게 지상에 떨어져
말갛게 썩는다

깊은 밤
가만가만 들리는 여울목
물결 소리에도
꽃은
피는 순간을 알고,
지는 때를 안다.

프로필

-시인, 수필가, 칼럼니스트
-시집 『꽃은 피는 순간을 안다』, 외 3권, 르포집 『안동의 아지매들』, 기행수
필집 『바람길』
-옥당문학상(2017), 제5회 경북작가상(2019), 경북펜문학상(2021), 제
24회 경북예술상(2023), 월간 국보문학 작품대상(2024), 제18회 한국문
학백년상(2025) 등 수상
-한국문인협회 안동지부 회장, 한국문인협회 경북지회 부지회장, 한국예
총 안동지회 부지회장, 한국국보문인협회 부이사장

김 정 화

은행나무

늦가을 비
차갑게 내린다

한 채의 우체통처럼
붉은 우산이
은행나무 밑으로
들어와 선다

나무가
젖은 은행잎 몇을
엽서처럼
붉은 우산 위에
떨군다

나무에게도
나이테 속에
오래 갈무리해 온
그리운 이가
있는가 보다.

김 종 덕

기다림은 그 자체로서도 용서를 대신 한다

지구가 태어난 후 생명이 도래하기까지는 억만 겁의 기다림이 스쳐 지나갔다. 이로부터 모든 생명은 기다림에 익숙하게 진화되어 왔던 것 같다. 그래서 생명체 내에는 기다림의 유전자가 박혀 들어간 것 같다. 그럼에도 우리는 기다림에 참 인색한 경우가 많아 자신을 괴롭히고 미래가 없는 마냥 자신을 물어뜯고 지내오곤 한다.

생명의 탄생은 기다림으로부터 온다. 씨앗이 땅에 떨어지면, 싹을 터야 하고, 뿌리를 내려야 하며, 영양분을 흡수해야 하고, 주위 환경에 적응해야 하며, 물이 있는 곳으로 뿌리를 뻗어 자신의 존재감을 알리기 시작한다. 이는 기다림 없이는 이루어 질 수 있는 것이 아닐뿐더러 시간을 아주 단축한다면 생명은 숨이 막혀 죽어버릴 것이다. 생명의 성장은 시간을 요구하고 이 시간은 생명이 차분히 땅의 냄새를 맡을 수 있게 기다려 주는 미덕을 발휘해야 한다.

기다림의 미학(제주) 2018]

특히, 생명의 탄생은 우리 주위의 모든 생명이 기다려 줌으로써 축복받으며 일어난다. 태양이 영양을 공급해 주고, 달의 힘으로 생명을 움직이게 하며, 별의 따스한 눈빛으로 미래를 쳐다보게 한다. 참으로 얻기 어려운 생명, 예부터 새 생명을 얻기 위한 어미의 노력은 그 무엇보다도 자연의 마음을 움직여 왔다. 새 생명을 얻기 위하여 정화수의 기도는 거의 필수적이었으며, 백일, 천일기도는 당연히 올려야 새 생명이 집으로 들어오는 것으로, 어미가 그만큼의 노력으로 기다려 왔음을 안다. 사회의 발달로 기다림도 원초적인 것이 아니라 필요에 의하여 기다림을 단축하려는 인간들의 노력이 지성과 애틋함으로부터 필수의 생존 도구로 발달하고, 인간성은 점점 기계에 밀려 회복하기 어려운 시대로 달려가고 있다. 동물들은 인간이 개입하지 않는 한 자신의 모유로 아기들을 키운다. 아마도 인간은 그것을 정이라고 표현할 것이다.

심지어는 아기 송아지가 태어나면, 돈벌이의 목적으로 아기 송아지가 성장할 기회조차 기다려 주지 못하고 어미로부터 젖을 빼앗아 간다. 기다림이 자의에서 타의로 억압되어가고 순수한 생명은 그 고귀함 자체를 잃어버려 생명이 아예 돈벌이 수단으로 전락한 지 오래다.

기다림은 씨앗을 익게 한다. 꽃이 피고, 씨앗이 새로운 탄생을 위해 기나긴 시간을 접어 에너지를 축적하려고 할 때 기다려 주지 않으면 씨앗은 온전하게 미래를 기대할 수 없을 것이다. 우리의 아이들도 기다림은 벌써 혼을 잃어버린 지 오래되었다. 아이들은 클 때 온정을 바탕으로 모든 것에 우선하여 참된 정을 받고, 이루고 성장해야 한다. 그러나 현실은 왜 아이들을 그렇게나 기다림 없이 밖으로 돌려야 하는지는 참으로 안타까운 일이 되고 있다, 영글지 못한 씨앗이 그 발아에 고통을 느끼듯이 아이들은 기다림 속에 천천히 알차게 영글어야 함은 누구도 인정하는 것이다, 어른들에게 기다림의 여유가 사라진 만큼, 아이들은 단축된 기다림 속에 자신을 채워가기에는 너무도 힘들 것이다.

기다림은 그 자체로써도 생명에 무한한 에너지를 줄 수 있다. 태양이 우리를 기다려 주지 않은 적이 있는가, 저 달이, 저 별이. 또한 우리를 찾아온 계절도 우리를 잊고 그냥 지나간 적이 있는가. 나비가, 꽃이 우리의 기다림을 배반하고 가로질러 간 적이 있는가. 계절이 우리에게 필요한 열매들을 제공하지 않고 흩어진 적이 있는가. 사람은 참 편리하고, 자기중심의 삶을 사는 동물이라 필요하지 않으면 기다림은 눈곱만큼도 없다. 새들이 지저귀며 인사하는데, 인간은 필요하면 인사를 한다. 그냥 지나치는 것이 일반적인 원칙으로 세워져 가고 있는 마당에, 또한, 사람은 영리하기도 해서, 세월이 자신을 기다려 주지는 않는다는 것을 삶의 목표처럼 정해 놓고 이에 맞추어 살려고 발버둥 치고 있는 것을 다른 생명이 보면 참 가관이 아닐 수 없을 것 같다. 참으로 이기적인 동물이 인간이다. 세월이, 시간이, 기다려 준 것만큼은 전혀 보은하지 않으려 하고, 가는 시간에 질질 끌려다니면서도 그게 맞다고 생각하는 사람들이다.

기다림의 미덕은 참으로 공평하다는 것에 있다. 그 누구에게도 주어진 것이 기다림이고, 그 기다림 속에 어떠한 인격체로 태어날 것인가 하는 것도 기다림은 애써 판단하려고 하지 않는다. 기다림은 그 자체로서도 용서를 대신한다. 보고 싶어도 볼 수 없고, 잊으려 해도 잊을 수 없어 눈이 퉁퉁 부어 올 때도 기다림은 가만히 쓰다듬어 주는 아름다움을 발휘한다. 어쩌면 기다림이 기다림인지도 모르게 지나갈 때에도 가슴 깊이 고마워하지 못하고 애써 그 고마움을 부정하는 데는 인색하지 않다.

기다리지 않는다는 것은 당연히 일어난다는 말로 그 고마움을 챙기지도 않으면서 불평하는 경우도 많다. 태양은 당연히 솟아야 하고, 바람도 당연히 불어야 하며, 이런 것들은 나의 존재에 필요하기 때문에 있어야 한다는 것으로만 생각한다. 이것을 기다림의 결과라는 것으로는 생각하지 않는 것이, 우리는 참으로 이기적이라고밖에 할 수 없을 것 같다.

많은 경우 기다림은 결코 비켜나가지 않는다는 진실을 우리는 참 필요에 의해 해석함으로써 자신을 정당화하려는 경향이 많다. 내가 기다리면 당연히 이루어져야 하고 다른 사람의 기다림은 비켜 갔으면 하는 생각은 하고 있지는 않을는지. 그렇다. 기다림도 익어 터져야 만남이 이루어질 수 있다는 것을 모든 생명은 가슴에 차고 있어야 할 것으로 생각한다.

그냥 무의미한 기다림, 혼이 없는 기다림은 시간 죽이기에 다를 바 없다. 원한다면 그 기다림에 혼을 바쳐야 할 것이다.

프로필

- 전남대학교 명예교수(현), 약학박사(부산대학교, 약사), 학사장교 1기,마산고등학교 35회 졸업
- 한국생물공학회 편집위원장, 부회장, 감사 역임, 학보사 주간 역임, 항비만·건강연구소 소장 역임, 해양미래자원개발사업단장 역임
- 단테 문인협회 부이사장, 사) 여수문화예술나눔공동체 공동대표, 한국문인협회, 여수문인협회 정회원
- 태양의 길로 가라! (제 1 시집),바람 부는 날 둥지 트는 새 (제 2 시집), 그리움은 기다림 없이 결코 눈물 맺지 않는다 (수필 제1집) ,기다림은 그자체로서도 용서를 대심한다(수필 제2집)

박 경 선

목련

꽃샘바람 머물다 간
정원 곳곳에
단단한 대지 심장 두드려
우윳빛 속살 열고
다소곳이 벙글었네

향연처럼 타오르는 아지랑이
군무 속에
제 상처 터트리며 생을 여는
하얀 목련

그 누구의 그리움이 저리도
눈부실까
춘삼월 고운 햇살 단내 맡으며
수려하게 그려 낸
봄의 정물화

뭇사람 눈길 휘감는
고혹적인 자태로
첫사랑처럼 하얗게 등을 켰네

프로필

경북 고령 출생
부산시문인협회 문학도시 시 신인상
부산시문인협회 문학도시 시조 신인상
사상문화예술인협회 정회원
부산시문인협회 정회원
제3회서울시민문학상 수상

박 경 선

나의 라임 나무

베란다 창에 기대고 발돋움해
광합성에 의존하며 긴 세월 함께한
벤저민 한 그루

반질반질 잎 닦아
정성 들여 보살피고
아침이면 눈 맞춤하며
입주의 설렘으로 시작한 동거지만
있는 듯 없는 듯
구성원으로 스며들었을 뿐

어느 순간부터
집중되던 관심은 흩어지고
소외된 슬픔과 외로움
눈물처럼 노란 잎으로 떨군다

30여 년 지난 지금
문득 떠올려 본 그의 존재

낡은 가구는 버려지고
새 둥지 찾아
아이들 떠난 지 오래지만
나와 동그랗게 나이테 그리며
변함없이 푸름으로 서있다

박 길 동

뒷동산

태산준령만이 명산은 아니다
백년해로를 다 하시고 천수를 다 하신
부모님은 산이 되셨다

언제든 그리우면 찾아 오라고
살다가 살다가 고단하면 찾아 오라고
내가 사는 집 가까운 뒷동산이 되셨다

살아 생전 모습 그대로
부드러운 금잔디 깔아 놓으시고
넓다란 품 안으로 안아주시는
그 우주속에 살고있는 나

그곳은 늘 둥지를 감싸고 우뚝 솟아 있어
자손들의 건강과 안녕을 보살펴 주는
정겨운 우리들의 큰 산이다

프로필

– 아호:石英 시인 수필가, 심리상담사충남 공주시 출생
–한국문인협회. 국제펜 한국본부 신문예 단테문인협회 회원.문학그룹 샘문 상
임부이사장 인사동시인협회 나라사랑문인협회 부회장.
–한용운문학상 샘터문학상 최우상 .에스프리문학상 제11회 본상 수상 외
–시집·밤나무집 도령. 내 마음속에 그림 그리기 외

박 길 동

인연가꾸기

인연의
텃 밭을 마련하고
가꾸어 보자

마음 밭에
제일 먼저 설레임이라는
씨앗을 심고

사랑의 태양이 되는
배려와 양보를 자양분 삼아
천천히 기다림이라는 물을 주면

마침내
환희의 텃 밭에
한송이 인연의 꽃이 피어나지

박 민 정

비의 유서

낮 모르는 바람결에
길을 잃고 엉기는 빗방울
끝내 길 위에서 길을 잃고
수직으로 몸을 버린다

하늘은 세상의 추억을 다 안다
비의 신음 소리는 흐려진 채
떨어지는 순간 아득하다

무엇이 그립다고
세 계절 참았다가
여름날 천둥 번개에 놀라
한꺼번에 비명소리도 없이
수직으로 서서 죽는 것인지

방향도 모르고 낙하하는 비
혼절한 채 지붕 위에서
유리창에서
풀잎에서
유서 없이 죽는다

프로필

아호: 나향拏香
시인 아동문학가 시낭송가 화가
한국문인협회 문협70년사 편집위원 단테문인협회 홍보이사
시집: 2020.10.30.《기억 속에 피는 꽃》
　　　2024. 11.5.《바람을 노래하는 카나리아》
　　　동인지 공저 다수
제2회 님의침묵 전국시조낭송대회 장려상 수상
제27회 전국 글사랑 시낭송대회 금상 수상
제1회 다선예술인협회 시화전 일산 서구청장상 수상
제1회 현대작가회 전국시화전 우수상 수상
제23회 황진이문학상 본상 수상
제12회 월파문학상 본상
제3회 서울시민문학상 수상

박 민 정

가시에 찔린 꽃

한여름 삼복 중에도
아버지의 냉대는 동지섣달이다
하루에도 몇 번씩 가슴을 치며
아버지 있는 곳을 바라볼 때마다
혼나간 울음을 남몰래 삼키곤 했다
어리고 여린 꽃에 꽂은 가시
아버지의 가시가 딸을 아프게 한다
울다 울다 눈물에 다시 베어져
쓰라린 붉은 선혈 토하며 쓰러져도
눈길 한번 주지 않던 공학박사 아버지
가시는 심장 깊은 곳에서 곪아간다
뽑자 뽑아내자
아버지의 가시를 뽑아내야
슬픔이 멈출 것이다
죽는 날까지 가슴 한 귀퉁이에
어머니의 자리만 남겨두고
아버지는 가슴에서 깨끗이 지워버리자
잔인한 성차별 바뀌지 않는
어른의 횡포 잊지 않으리라
마지막 뽑히지 않는 가시 하나는
삶의 주춧돌로 남겨두고

박 성 진

아스러지는 별

어머님!
시대의 그 아침을 기다립니다.

처참히 부서지고 아스러지는 조국 앞에
할 수 있는 것이 무엇이 있겠습니까.

찬란한 해방의 빛을 보기 위한
열망이 더 뜨거워집니다.

굶주린 야수들에게 내 몸 뜯기워도
대적할 것은 시대에 없습니다.

드리워진 이 한 몸
허락받은 십자가와
조국을 위해 헌신합니다.

별 하나에 추억과
어머님 기도 속에,
고통스러운 야수들에게
산산히 찢기어나가도

무성히 자라날 풀 한 포기 위에
나의 별에도 봄은 오겠지요.

시로 싸우는 최후의 내가
자랑스럽습니다. 어머님

박 성 진

이선균 추모시

철창은 닫혀있고

푸드득 푸드득
날아다니고 있을 때

누군가
철창 안에 넣었다.

빠져나오려는 비둘기
온 힘을 다해 날갯짓한다.

비둘기 한 마리
종려나무 가지 입에 물었다.

부챗살을 편 듯
아름다운 종려나무 잎

입에 물고
당황스러운 비둘기 한 마리

영문을 모른 채 서 있다.
푸드득 푸드득 거친 숨을 내쉬며

나아가려 하지만
철창은 닫혀있고

햇빛마저
보이지 않는다.

임이여
어둠을 뚫고 나아갈 새날이 오리니

눈이 내리는 추운 날
눈 속에서 복수초 꽃이 솟아오른다.

프로필

월간《신문예》문화평론가
월간《문학바탕》칼럼니스트(문학평론가)
국제인류평화봉사재단 부총재
윤동주 시인 연구자
한국음악저작권협회 작곡가
KGTA 한국보석협회 이사

박 순

레드, 블랙

화려한 조명은 끝이 났다 마크 로스코는 잊혀져가는
자신이 소름 끼쳐서 자신의 작품 앞에서 손목을 그었
던 것일까 피로 그린 그림, 미완성은 편집 중이다

어떤 여자는 담뱃불로 남자의 어깨에 검은 장미를
그려 넣으며 웃고 있다

어떤 여자는 SNS 흔적 지우기를 의뢰했다
말의 무덤을 파헤치며 소란스런 이미지를 삭제 중이다

이젠 그만하라 이젠 지겹다
이 또한 지나가리라는
아포리즘에 시달리는 어떤 여자
밑바닥에 깔린 슬픔을 게워내기 전에는
몸을 가눌 수 없다는 것을 자꾸 잊고 있다

누가 누구에게 강요한다고 잊고 잊혀질 수 있을까
저마다 기억의 방식을 달리할 뿐,
견디고 견디며 살아가고 있는 것이다
여전히 그림자로 남아 시간의 결에서 서성이고 있다

박 순

바람의 사원

어디로 가고 있는지 나는 몰랐다
구부러진 길을 갈 때 몸은 휘어졌고
발자국이 짓밟고 지나간 자리에는
꽃과 풀과 새의 피가 흘렀다
바람이 옆구리를 휘젓고 가면
돌멩이 속 갈라지는 소리를 듣지 못했고
바람의 늑골 속에서 뒹구는 날이 많았다
바람이 옆구리에 박차를 가하고 채찍질을 하면
바람보다 더 빨리 달릴 수밖에 없었다
질주본능으로 스스로 박차를 가했던 시간들
옆구리의 통증은 잊은 지 오래
일어나지 못하고 버려졌던
검은 몸뚱이를 감싼 싸늘한 달빛
그날 이후
내 몸을 바람의 사원이라 불렀다

프로필

2015년 『시인정신』 신인문학상 수상
2021년 시인정신 우수작품상 수상
2024년 제2회 서울시민문학상 본상 수상
2024년 제5회 하유상문학상 수상 외 다수
문학청춘 기획위원, 한맥문학 편집위원
시집 『페이드 인』 『바람의 사원』

박 천 순

엔트로피

이것은 카레일까요
들끓던 오름이 아직 뜨겁습니다
질척하거나 되직하거나
노랗게 변색된 길을 걸어갑니다
기분에 따라 언덕의 높이는 달라져요
양파 당근 감자 서로 옆구리를 부딪히며
무너진 경계
붉은빛을 잃은 고기는 고기인가요

나는 여전히 나인가요
눈 코 귀 나라고 여긴 것들이 점점 퇴화되고
세모 속에선 세모처럼, 네모 속에선 네모처럼
어설픈 변신에 손금이 닳아가는데

프로필

2011년 『열린시학』 시 등단.
열린시학상, 시산문학상,
정읍사문학상 대상 등 수상
『시산』신인문학상, 시산문학상 심사위원.
시창작 강사.
시집 『달의 해변을 펼치다』, 『나무에 손바닥을 대본다』, 『싯딤 나무』

손톱 눈썹 머리카락 변방의 나까지 나열하니 내가 너무 많네요
이 많은 내가 길 위에서 끓고 있어요
발이 땅에 닿는 것은 금기
허공에서 퐁퐁, 바닥도 없이 나는 자라고
애야 물 좀 더 마시렴
너무 되직하면 목이 멘단다
엄마는 아직도 나를 만들고 있는데

카레에 비빈 밥이 점점 뻑뻑해져요
부드러움에서 멀어지는,
이건 라이스일까요, 나일까요

*엔트로피: 모든 것은 질서화에서 무질서화로 변화되므로 그 정체성이 불확실해진다는 의미.

변 성 옥

개망초꽃 피운다

꽃망울 맺히기 전에는
어느 때 어느 곳에서 무슨 꽃으로 피어나는지

세상 물정 어두운 철부지
바깥세상 나오기 전 창밖 엿본다

따가운 햇살 빛나고 시원한 바람 부는데
새들 숲속에 모여 합창하며 즐겁다

기대 부풀어
호기심에 꽃망울 터뜨리고 나온

태어나서야 알았다
개망초꽃 피우는 곳 정해져 있다는 걸

꽃피울 꿈 꾸면서 온갖 시련 참고 기다렸다
인적 없는 시골 폐가 대문 앞에 버려져 무성하게 핀 꽃

참 애잔하기도 하다
외딴곳에 버려져 피어나 어울리는

개망초 피어날 땐
온 세상 다 가진 듯 행복하다

변 성 옥

목련꽃 피던 날

잎이 피기 전에 꽃부터 먼저 필까, 흰목련
빨리 질 것을 알았기 때문 일까

피어나는 꽃보다 시드는 꽃이
향기가 더 짙은 것은, 얼마나 아쉬웠길래

아카시아 라일락 향기 피어날 때
가던 길 멈춰 서서 잠시 머뭇거릴 때도 있지만
몇 발짝만 지나가면 사라지는 꽃향기

필때 보다 질 때 자태가 더 그윽한 목련꽃
시들어 다시 필 수 없는 흙으로 돌아갔지만
그윽한 향기 오래 남아있는

꿈꾸었던 시간은 즐거움, 언젠가는 끝날지도 모를
어떤 바람도 이루어지지 않았지만

시든 목련꽃 그림자 아직 남아 있다

프로필

1)전)SC제일은행 국제부 근무
2)서울 광진구 구청장상 수상(2009
3)2024 New York(Affordable Art Fair New York)미술전
4)경상남도 섬 서포터즈 선정(2024 경상남도 도지사)
5)수상)느낌까지 끌어안은 시화전 최우수상(2023 대지문학)
6)대상 수상(2024)문학사랑신문, 문학사랑 예술인 협회 외다수

서 인 자

별빛 속의 속삭임

밤하늘의 별빛 아래
너의 이름을 속삭인다
차가운 바람에 실려
그리움이 내 마음을 스친다

빛나는 별들은
우리의 기억을 비추고
그 속에서 너의 미소가
사라진 아침을 기다린다

어둠 속에 촉촉한 눈물이
별들의 노래로 흘러내리고
내 마음의 고백이
그대에게 닿기를 바랄 뿐

길 잃은 별처럼
나는 너를 그리움으로 찾고
달빛 아래 홀로 서서
너의 따뜻한 온기를 꿈꾼다

이 밤이 지나가면
너를 다시 만날 수 있을까
별빛 속에 피어나는
우리의 이야기 들려주려무나

프로필

단테 문인 협회 신인상
단테 문인 협회 정회원
금천구 주부백일장 수상
서울시장 표창장
다온 난타동아리 회원
독산동 바르게 살기 위원회 위원

서 인 자

사랑의 서시

그대는
나에게 봄볕 같은
따스한 햇살입니다
그대의 미소가
마르지 않는 샘물처럼
내 마음을 적십니다

그대는
나에게 반짝이는
밤하늘의 영롱한 별
어둠 속에서도
빛나며 나를 이끄는
길잡이 같은 존재입니다

그대는
나에게 심장이 뛰게 하고
하루 종일 미소 짓게 하는
천사입니다
그대의 한마디 한 눈짓이
내 삶의 모든 색을 더해 줍니다

사랑은 그대와 함께
계절을 넘어
별들과 소통하며
영원히 이어질
운명임을 믿습니다

송 낙 현

강물도 역사를 쓴다

해마다 겨울이 되면
매서운 한파에 한두 번
강물이 얼어붙는다

줄기찬 흐름을 멈추고
옹기종기 어깨를 맞대고
무엇을 하고 있는 것 일까

아마도
이 골짝, 저 골짝 모아 온
온갖 밀어를 차곡차곡
저장해 두고 갈려는가 보다

그렇게
억겁의 세월을 흐르며
강물도 역사를 쓴다

프로필

1941년 대구광역시 군위 출생
1984년 서울대학교 행정대학원 졸업
2011년 『예술세계』〈시〉로 등단
시집 : 『바람에 앉아』(2016)
　　　 『강물도 역사를 쓴다』(2020)
　　　 『안개 속에 떠오르는 해』(2023)
수상 : 제21회 영랑문학상 본상(2016)
　　　 제16회 시세계문학상 본상(2019)
　　　 제4회 경맥문학상(2019)
　　　 제28회 순수문학상 대상(2020)
　　　 제20회 산문학상(2021) 수상

산 문학상

송 낙 현

폐교가 있는 풍경

고사리 손 사라진 시골 학교
텅 빈 건물에 덩그렇게 종(鐘) 하나
아직도 걸려 있는데 잠자리 한 마리
열심히 줄을 당기고 있다

땡땡땡
땡땡땡

아무리 두드려 봐도 까르르까르르
웃음소리 들리지 않고 무성한 잡초위에
흔들리는 바람소리만 우우하는데

그래도
어디선가 헐레벌떡 소프라노 매미들
떼 지어 몰려오고 흰나비 노랑나비
나풀나풀 춤추며 날아오는데 외로운
풀꽃들 주인인양 반갑게 마중을 한다

고사리 없어도
종은 울린다

손 정 애

회자의 시간

동화되지 않은 그리움은
밀알의 추억으로 회자된 후 해석된다
건져지는 추억과 버려지는 후회로
시간은 교차되고
묵묵히 다져진 연륜으로 품어 온
자연속의 자아를 발견한다
수면 위 은근한 포말 사이로 떠오른 과거는
지웠던 자신을 또렷이 그려내고
발밑의 잔재를 도려내었다
사계절이 흐르고 또 다른 계절이 내려도
원점으로 회귀된 자신은
묵묵한 관용을 허용 할 뿐이다
창공에 흩어지는 바람과 함께 고목이 되고
흘러가는 것이 유독 강물만 있을까
스쳐진 바람결에 내어놓은 욕심은
윤슬로 사라져 거대한 바위에 소멸되고
소망했던 것들은 연무로 날렸다

손 정 애

통곡의 바라나시

태양이 물색하리만큼 움큼 함이 살아 있다
짙은 물색 위로 흐느적임은
그들만의 색깔로 뿌려지고
고통도 슬픔도 버려질 수 있었던가
타오르는 불길에 희망을 걸치고
물살에 추구된 겹의 시간을
장작으로 차곡히 채워 사르고 사른다

이승의 팽팽함 연기에 띄우고
산자의 비통함으로 물살이 꺾이지 않는다
검디검은 그들만의 시간이
손끝을 타고 가파른 호흡을 하는데
통곡을 타고 날리는 불길은
겹의 형태로 유영할 뿐이다

프로필

2014년 아람문학 등단
이첨 문학상 수상
이달 문학상 수상
세종문화 예술인 대상
선진문학 작가협회 제3대 4대 이사장 역임
시집- "바람이 전하는 말"
시화 개인전 8회

신 순 희

나비

춤을 추지 않고는 한 걸음도 나아갈 수 없는 세상
꿈틀거렸기에 번데기를 벗어났고
나풀거렸기에 꽃향기를 맛볼 수 있다
번데기는 올챙이보다 존재감이 적으나 개구리보다는 훨씬 먼 곳을 여행할
수 있지
갇힌 상태로 날으는 꿈을 놓지 않았기에
생각과 지혜를 왔다 갔다 하면서 얼마나 준비를 많이 하였을까
식물도감 백과사전 하나쯤은 통달했을 것
남보기에 비틀거리는 모습 추하고 더디어도
먼 곳을 비상하는 철새의 날개 달지 않아도 수직낙하로 먹이를 낚아채는
날개 없이도
날것들은 아무도 거들떠보지 않는 꽃향기를 독차지할 수 있다
모두가 자기 것에 충실하지 않는 것에 비해 날개를 노젓듯 휘저어가는 동안
은 시간 걸리고 갈 길 멀지만
푸른 하늘과 꽃밭은 언제나 그의 것이다
코가 밝아 짙은 향내 나는 야생화를 점찍고 풀숲과 산을 옮겨다니며 쉬어가
기도 하며 작은 곤충의 몸으로도 벌판을 지나가다 보면 세상이 아름답다는
것에 눈을 뜨며 다시는 뺏기지 않을 혼자만의 세계를 춤춘다
날개가 떨어져 개미에게 끌려가도 삐뚤삐뚤 춤을 추는 인생이다.

프로필

아호:산여울
사)한국문인협회 정회원
글벗문학.원송문학.
청류문학인. 서울미래예술협회.

저서: [풍경이 있는 자리]
　　　[그렇게 잠잠히 흘러가리라]
　　　[아마도 너를 닮았지] [나와 동행 하시며]

신 순 희

비석

대청마루 위에 있는 시계
종일 벽을 어루만지는 일이
있은지도 수년 수개월
적막은 초침의 흔들림을
더욱 뚜렷하게 한다

주인은 병원에 누운 채
움직이지 못한 몸을 이끌고
고향집 마루 위에 우두커니 앉아 본다
이렇게 떠날 생각은 아니었는데…

정신을 잃어
그녀가 쓰던 물건들에게 인사도 못하고
앰블런스에 실려 떠났던 것이다
다시 돌아가려면, 둥둥 뜬 몸으로
가야 한다는 것을 알기에
두 눈에 이슬이 고인다

반들반들하게 윤내던
가마솥 장독대 부뚜막 안방 장판
손 때 묻힌 곳마다 늘 새것 같았건만
청춘을 모두 바친 곳 가여운 생은
어느 늦가을 눈 발 자옥이 흩날리던 날
쌓이기도 전에 녹는 눈보다
더 깊이 들어가 흙으로 누웠다

안 기 찬

폭포

수직으로 곧추선 침묵의 절벽처럼
뜨거운 심장으로
절정의 목마름으로
거칠게 추락하는 언어
무디게 허공을 내리치는 순수의 의지
그것이 너다

오늘이 아닌 내일일지라도
되돌릴 수 없는 시간의 기슭을 달려
드넓은 바다로 가라
머무는 자리마다 꽃이 피고
역정이 하나 된 혜윰의 눈부심을 보리

적막한 시원의 고요를 보리라
그때 너는 비로소
순수의 물빛 같은
존재의 의미에 눈뜨리니
그래, 그것이 바로 너다

*혜윰: 생각,사색을 뜻하는 순수 우리말

탐미문학상

안 기 찬

히말라야 연가(戀歌)

누가 빚은 창조의 위용인가
낮고 무거운 시선이
몇 날을 가을 풀잎처럼 물들게 한다

하늘과 땅 사이에 혼불처럼
끈을 이으며 타오르던
오스트레일리안 롯지의 붉은 모닥불,
아스라이 스며들던 밤의 온기,

세상 사람들 둥글게 둥글게 모여와
뜨겁던 낯선 언어들,
아직 처녀인 히말라야 열여덟 영봉을
금빛으로 밀어 올린 일출,

아아, 아득히 열리던 그 순결한
새벽빛 촉감이 언제까지
나의 하루하루를 떨리게 할지

프로필

사)한국문인협회 회원
사)한국현대시인협회 상임이사, 감사
국제펜한국본부 회원
한국신문예 주간
인사동시인협회 부회장
코리안드림문학회 자문위원
제21회 탐미문학상 수상

양 금 희

'움'에 대한 사소한 깨달음

'움 튼다' 는 말은
생명의 언어인 줄만 알았어요
새싹이 허공의 틈으로 얼굴을 내밀어
초록 잎과 꽃을 피우기 전
'사용제한설명서' 가 있는 줄 알았어요

마른 풀잎을 들추는 산비둘기가
움트는 길을 열어주는 줄 알았고
따스한 햇살을 불러온 강물이
얼어붙은 대지를 녹이는 줄 알았어요

시간의 틈새로 들어가는 출입증으로
비밀의 문을 열고
지금은 볼 수 없는 한 사람을 향한
그리,움이 자라고 있었다는 것을,

그리,움은 번뇌를 지우는 그림이고
외로,움은 다시 싹이 나게 하는
틈을 열어주는 맥박이라는 것을,

그 절실한 것들이 한데 모여
무른 속살을 먹여 생명의 문을 열고
꽃을 피우는 순간
아름다,움이 된다는 것을,

서로의 가슴에서 움,이 터야
고귀한 생명이 이어질 수 있다는 것을,

지천명의 언덕에 올라 처음 알게 되었어요.

프로필

월간 『시문학』 시 등단
한국세계문학협회 2대 회장
제주국제대학교 특임교수 역임
한국평화협력연구원 문화예술부원장
명예박사, 삼다일보 논설위원
미국·중국·러시아·일본·멕시코·그리스·이탈리아·이집트·네팔·베트남·대만·파키스
탄·알바니아·인도·코소보·루마니아·튀르키예·아르헨티나·아제르바이잔 등에 다양
한 언어로 시 번역 소개됨
시집 『행복계좌』, 『이어도, 전설과 실존의 섬』, 대만어 번역 시집 『새들의 둥지(鳥
巢(Nest of Birds))』, 영한시집 『새들의 둥지(Nest of Birds)』, 산문집 『행복한
동행』,연구서 『이어도 문화의 계승(繼承)』, 번역서 『코소보 프레카즈 연대기』

오 연 복

액막이 연鳶

대문을 사이에 두고 굵은 소금이
어깨 위에서 액풀이를 한다

육모 얼레에 대보름달이 연처럼 걸리던 날
가슴을 써레질해대던 윗집 백수형은
대나무 연살에 가오리를 꿰어 걸고
하늘 낚시를 한다
팽팽한 연실이 튕겨질 때마다 칠산 앞바다가 출렁인다
대문은 뿌연 하늘에 매달린 곰소염전을
빼꼼히 내다보다가
묵은 아침 신문을 대각선으로 읽어간다
갈 삼재에 액막이 연을 먼 산 너머로 꼭 시집보내겠다던 그 형은
송액영복 계유년 정월 열 닷 새 아무개,
부적을 가오리 등에 태우고서
세상은 운세를 가불하여 치장하는 것이라고 호기롭게 외쳐댔지
질컥한 부레뜸에 오돌토돌해진 연실에서
날 선 사금파리가 개미[1] 춤을 춘다

꼭지연과 치마연이 애지석지 가쁜 정을 보쟁이다가
툭 끊어지는 연실에
손끝이 허망하게 턱 내려앉는다
석간신문에 쓰나미가 몰아친다
위도 앞바다의 파도는 여객선을 삼키고
치마연은 아우성을 하늘로 실어나른다
그는 서른아홉에 삼베옷을 걸친 채

너울너울 독바위² 를 넘어간다
꼴깍 산을 넘는 햇살은 어설픈 실오라기가 없다
반달연과 동이연은 동구 밖 미루나무에서 대롱거리고
호랑이 눈 부릅뜬 박이연은
성층권에 머리를 연신 치받아대지만
하늘 끄트머리에 맞닿은 바다는 더이상
가오리를 띄우지 않는다

해묵은 대보름달에 사는 운명의 재단사가
통째로 잘려나간 왕 당산나무³ 밑둥치에서 하염없이 육모 얼레를 돌
린다

［註］ 1993. 10. 10 오전 10시 10분경, 전북특별자치도 부안군 위도면 임수도 부근의 해상에서
    서해 페리호가 침몰하여 승객 362명 중 292명이 사망한 대형 참사에서 유명幽明을 달리한
    지인을 애도하며 지은 시.
    *개미¹ : 연줄을 질기고 세게 만들기 위해 사기나 유리의 날 선 조각을 섞어 끓인 부레풀.
    *독바위² : 부안군 줄포면 우포리의 지명으로 한자명은 옹암甕巖.
    *왕 당산나무³ : 부안군 줄포면 줄포리 장성동에 있었던 노거수 신목.

프로필

전)샘문 주간, 전)STN취재본부장, 전)한국신문예문학회 부회장
(사)한국현대시인협회 이사, (사)한국가곡작사가협회 이사, 아태문인협회 부이사
장, 대륙문인협회 부이사장
대한민국인물대상, 중앙일보 독서감상문대회 최우수상, 세종대왕탄신기념 백일장
금상, 글벗백일장 대상, 샘터문학상 대상, 천등문학상 본상, 한용운문학상, 신문예
문학상 본상, 중앙뉴스문화예술상 등 다수
대표시집 〈낮달맞이꽃과 키스 앤 크라이 존〉
공저 〈사립문에 걸친 달 그림자〉 외 70여 권
단독 가곡집 〈부다페스트 아리랑〉
대표가곡 〈김치송 Kimchi Song〉

오 연 복

채석강

그는 갈피를 헤아릴 수 없이 가파른 절벽이다 불의 고리가 출렁일 때
마다 의상봉義湘峰 정수리에 용오름이 솟구치고 쓰나미가 밑을 씻는
변산 앞바다에 만고萬古의 눈빛을 켜켜이 쌓아 올린 세월의 장엄한 고
증서考證書다 간밤에 서해 바다를 몰고 온 파도가 써 내려간 일기를
넘겨다 본다 달빛 아우라에 자맥질하는 이태백李太白은 채석의 서고
에서 자유분방한 영혼 소동파蘇東坡는 적벽의 서재에서 천년을 살아
가며 아련한 책장을 펼치는구나 파도는 나의 가슴팍을 때리며 하얀 포
말로 뱉어내는 수천 개의 언어로 하늘 열림을 귀띔한다 땅 갈림을 이
야기한다 천 길 낭떠러지에서 소용돌이치는 은행나무화석에 물 간지
럼 태우는 바다를 증언한다 옷 걸친 사람 앞에서 화석인류의 나상裸像
을 투영한다 태동의 갈피에 한 획을 긋고 삼라만상에 한 점을 찍는 그
광대무변한 가슴의 더께를 감히 누가 영사映寫하리야 생각의 굴레는
안개비를 타고서 겨우 두어 쪽의 책갈피를 들척이는데 영겁永劫의 길
에서 찰나의 이십일 세기는 갈피 모를 해식동굴로 자꾸만 숨어드는구
나 불현듯 현란하게 포장된 세태世態 그 허상의 껍질을 벗겨내는 긴
이안류離岸流가 철썩철썩 회초리질을 해댄다 동굴 깊은 곳에서 공명
空名이 공명共鳴으로 몸부림친다 나는 그의 벽 안쪽 깊은 속살로 흘러
드는 호기심에 파르르 떨리는 손끝으로 우주宇宙의 낱장을 부여잡으
며 아슬아슬한 벽타기를 한다

오 지 숙

내 안의 삶

내 생에 여울목에서 차오른 여정
나의 삶에 뜨거운 눈물과
얼음물을 택하라 한다면
난 서슴없이 차가운 얼음물을
택할 것입니다

얼음물은 녹일 수 있지만
뜨거운 눈물은 달랠 수 없는
고통이란 걸 아니까요
그 고통은 많은 시간을 요구하는
인내의 시간이니까요

조금씩 세월에 버무려
한 움큼씩 삼켜지워 버리며
수없는 생각과 상념이
내 사연 속 심연을 유희하며
진오기로 풀어 삭혀 냅니다.

오 지 숙

주소 없는 엽서

소양강 강물은 물결조차
숨 죽음 듯
고요히 흐르고 잔잔히
흐르는 강물에
엽서 한 장 띄워 보내네

보고파서 보고 싶어
여기에 왔노라고
옛 추억 되새김질
하며 그대에게
그리운 마음 띄어 보내오

나 여기에 왔노라고
주소 없는 그대에게

프로필

시인 수필가 시낭송가
2020년 올해의 시인 선정상
국자감 문학상 수상
100세 도전 문학상 수상
문화 예술인상
한국 문인협회 중부지부 자문위원
글로벌 시낭송협회 운영위원

우 영 숙

지우개

거울 속에서
낯선 얼굴이 나를 응시하고 있다

얼굴 속 굴곡과 요철은
더 갖으려고만 덤볐던 끝 간데없는
욕심과 현실 사이 불협화음의 흔적

울지 못하는 암매미처럼 입 붙이고 살아온
바윗덩이 같은 시간의 흔적들이 농축된
무게의 상형문자이다

내려놓고 살라는 진부한 얘기들은
스쳐 가는 흔한 말이라며 귓등으로 흘려보내고
열기와 냉기 사이 불안전 연소의 환절기 삶을 살았다

모래시계처럼 돌아오지 않을 시간은 흐르고
슬그머니 보태지는 나이 하나에 나이테만
한 겹씩 굵어지고 있다

내 안의 경보음이 울린다

살아온 날들에 느낌표 한 점 찍고
나침반과 풍향계가 가리키는 곳을 향해
내 삶도 조약돌처럼 둥글어지고 싶다

가지려고만 했던 흔적들을 지운다

우 영 숙

자투리 사회학

길거리 조각들을 모은다

세월의 무게를 실은 손수레가
느린 걸음으로 골목골목을 누빈다

누군가에게 버려진 누추들은
누군가에게는 살아가는 힘이 된다

한때는 자식들 손잡고
희망을 노래하던 날들이 없었을까
행복하다 노래하지 않은 날 있었을까

손끝에 와닿는 감촉이 섬   섬   할 때도
한 끼를 해결할 수 있다는 마음에
노인의 얼굴에 희미한 미소가 번진다

한 끼의 식사
누군가는 다이어트를 위해 굶고
누군가는 해종일 폐지를 주워야 한다

해는 뉘엿뉘엿 저물고
관절 마디마디가 투덜 대지만
손에 올려진 지폐 몇 장 동전 몇 푼

오늘 하루도 잘 견디었다고
내일 아침 끼니 걱정은 안 해도 된
다고
내뱉는 긴 한숨이
가로등 불빛 사이로 흩어지고 있다

프로필

문학박사 국제사이버대 특임교수 신문예 인사동 시인협회 부회장 월간 신문예
시와 창작
삼강문학회 회원 수상/ 월간 신문예 신인문학상
시와 창작 문학대상
탐미 문학상 서울시민 문학상 한국 문학상
저서 등/ 《지우개》. 《한국현대시를 빛낸 시인들》 《갈라파고스의 달빛》
《K-poetry 평화의 날개 달다》외 다수

유 영 란

등대

어두운 밤 등대가
깜빡깜빡
호롱불을 밝혔는가
바다가 하아얀
원고지 펼쳐놓고 지금
별빛이 쏟아 놓은
아름다운 사랑이야기를
차곡차곡
이 대지에 받아 적고 있다

천년을 굳게 한자리 지켜선 바위는
아무런 말조차 없고
바람이 조용히 책장을 번져 주면
방파제에 마주 앉은 연인들이
아기자기
사랑이야기를 읽고 있다.

우리들이 못 다 부른
이 세상의 사랑 노래 사랑이야기는
얼마나 아름다운 사연이 되었는가
그대의 어깨에 살풋이
기대인 별 하나 퐁당 바닷물에
뛰어 내려 지금
크나 큰 파문이 되고 있다.

유 영 란

수양벚꽃

흰 나비 한쌍이
살포시 춤을 추는 오후
긴 머리를 늘어뜨린 그대는
누구를 애타게 기다리는지

산과 들을 건넌 봄바람으로
머리 풀고 향기를 뿜어도
아직도 그대는 오지 않았네

빗살무늬 지는 봄 햇살에
웃음 잊은 꽃을 간질이며
임을 기다리는 마음이
정녕 외로운 흔적이기에
그리움만 야윈 어깨를 누르고

노을을 이고 임이 오실까봐
긴 머리를 물들이며 서 있는
첫사랑 같은 수양벚꽃이여

프로필

번역가,시인, 낭송가
한국문인협회 시분과 회원
한국공무원문인협회 회원
한국문예작가회 부회장(한국문예 편집장)
아태문화예술총연합회 수석부회장
코리안드림문학회부회장(코리안드림문학 편집주간)

윤 용 운

그늘집

잠시 눈 감고 쉴만한 장소
물가에 발 담그고
하늘 볼 수 있는 곳에서
그대 어깨 빌려주실래요

갈나무 아래 쓰러져 가는
초가집도 괜찮습니다
호숫가에 낚싯대 던져 놓고
물고기를 기다리는
세월도 좋습니다

물음표를 지우려 쉼표와 손잡고
저 하늘이 빌려준 낚싯줄에
세월을 걸어 봅니다

마음에 빗장을 여는 순간
그늘은 숲과 하나 되고
어둠과 빛은 추억으로 반짝입니다

그대는 내 가슴에서
떠날 줄 모르는 핑크빛 사랑
나만의 그늘집입니다

제1회 단테 문학상

윤 용 운

중년의 아침

산꼭대기 하늘은 밝아오는데
오늘은 어디로 나가야 하나

도시락 옆에 끼고
갈 곳 없는 나그네
배도 고프고 목도 마르다

낙엽 떨어지는데
눈물은 왜 나는지
마음 한 조각 구름 한 조각

갈 곳 없어 어울려 보아도
바람 따라 흘러 정차할 곳 없다
하루해는 잔소리보다도 길고 길다
해는 서산으로 넘어가
붉은빛을 토해내고

마음을 다독여도 눈물이 보인다
심장은 뛰는데 몸은 움직이지 않는
36.5도다

프로필

단테문인협회 상임이사(현)
오선문예 이사(현)
글로벌문학인협회 편집위원(현)
대한문인협회 강원지회장(현)
열린동해문학 관리실장(현)
토지문화관직원(전)

단테문학상 수상
제2회 서울시민문학상 수상
열린동해문학작가상 금상
열린동해문학장원급제대과백일장 은상
대한민국문화교육 대상 수상
열린동해문학 공로상
작가문화예술대상 수상
모더니스트 문학상 수상

이 대 순

여름밤의 산책

푸른 잎새에 별빛이 매달린 밤
코끝을 간지럽히는 풀꽃 내음
작은 손 흔들어 반기는 강아지풀들의 정겨움
하얀 물보라 일으키며 흐르는 옥계의 물소리
시원한 바람결에 흩날리는 머리카락
쏘르르~ 쏙 쏙
풀벌레들의 신비로운 합창
싱그러운 자연의 향기에 취해
말없이 생각도 잊은 채
오솔길을 따라 걷습니다
당신의 그림자 되어 당신의 발걸음 따라
한 걸음 한 걸음 걸어갑니다
기쁠 때나 슬플 때나 함께 한 50성상의 세월
굽은 당신의 두 어깨를 바라보니 눈물이 맺힙니다
평온한 이 밤
청명한 밤하늘에 별빛을 바라보며 기도합니다
얼마 남지 않은 인생의 여행길에서
지치지 않게 영육 간에 건강한 힘과 용기를 주소서
혼자 있게 하지 마시고 서로를 위로하며 함께하게 하소서
곁에 있음을 감사하고 행복하게 하소서
영원히 시들지 않는 사랑의 꽃 피우게 하소서

이 대 순
그리움은 시들지 않는다

당신은 내 손을 놓고
야속하게 떠나셨지만
내 마음은 당신을
보내지 못하고 있습니다
홀로 남은 외로움에
긴 밤 지새우며 그림을 그립니다
하얀 백지 위에
연분홍 샛노란 파란 하늘색
청 보랏빛 검붉은 색채의
아스라이 떠 오르는
추억의 그림입니다

그리움이 아픔일지라도
누군가를 그리워하며 살아간다는 것은
살아있는 의미라고 위로 하면서
당신을 향한 애달픈 그리움이
시들지 않는 삶의 열정으로
승화된 사랑의 불꽃으로
피어나게 하소서
그리운 님아 꿈속에서 만나요

프로필

전북 고창 출생
2002 월간 문학세계 시 등단
한국 신문학인협회 회원, 한국문인협회 전북지부 회원, 영호남 수필문학회 회원
제9회 신문학상 수상, 제3회 서울시민문학상 수상,
한국 노벨문학상 수상 기념 100인의 시화전 준비위원
저서: 제1집 〈시와 산문〉 제2집〈그리움은 시들지 않는다〉

이 민 숙

당신의 숲

꽃 잎 틔워 놓고 보기 좋은 세상으로
꽃의 소임을 다했습니다
잎을 피워 살고 싶은 세상으로
단맛의 열매를 가지마다 영글어 놓았습니다

당신이 뿌린 땀은 마른 땅을 적시고
당신이 흘린 눈물 밑거름이 되어
숲은 무성해지고 그늘은 넉넉해졌습니다

당신의 흐려진 눈빛은
세상을 바르게 보는 눈을 가리키고
당신의 깊어진 주름 따라
잘 살아가는 길을 내고 있었습니다

당신의 하얀 백발은
세상 지혜 촘촘히 심어
어떻게 살아야 하는지 가르칩니다
우리들의 아버지
우리들의 어머니가 없었다면
우리들의 숲이 있었을까요

이 민 숙

중년의 생각

과한 자신감은
역으로 낮은 자존감의
반증이라고 했던가
유리하다고 교만하거나
불리하다고 비굴하지 말자

때론 내가 남보다
잘났다는 것을 증명하려고
애쓰는 시간이었다면
때때론 남보다
괜찮은 사람이 되려고
애쓰는 노력은 어떨까

늘어나는 주름 앞에
빈한 마음으로 한숨짓기보다는
부한 마음으로 경륜의 길 따르자

하나 둘 젊은이는
나이가 늘어나고
셋 넷 어르신은 나이가 줄어든다면
엉킨 실타래 펼쳐 놓고
뒤돌아 앉아 가끔은 고집 대신
상대방 입장에서 생각을 바꾸어 볼일이다

프로필

*단테문인협회 이사장
*오선문예 발행인 *사)한국문인협회 이사 *사)현대시인협회 이사
*국내문학상 수상작품집 제작 *서울시민문학상 심사위원장 *제9회 매헌윤봉
길문학상 대상 포함 대상 5회 수상 *제20회 탐미문학상 본상 포함 본상 3회
수상 *(현대작가회 김용언)제4회 작품상 외 공모전 문학상 15회 수상 *제5시
집 *영상시 제8시집 *(추억의 빗방울)외 합창 작시곡 다수 *(눈꽃 사랑)외 작
시 가곡 다수 *한국문협 외 문예지 25권 기고 *현대시협 통일을 빗다 외 동인
지 20권 기고
*SNS 모든 계정 독자가 올린 글 수 천 편 *검색//오선 이민숙

이 순 기

들풀

나는 이름 없는 꽃이어도 좋다.
햇살과 바람, 비와 흙이 함께 숨 쉬는 들판에서
들꽃과 어깨를 맞대고 살아가련다.

옹기종기 부대끼며,
이 꽃 저 꽃의 향기를 품고 오늘도 살아있음을 배우는 자리,
그곳이 나의 집이다.

세상은 화려한 꽃만 기억하려 하지만
이름 없는 들풀도
제 빛깔과 향기를 지닌다.
서로 다른 냄새가 어울려 하나의 들판을 이루듯,
삶도 다양함 속에서 완성된다.

나 또한 그 들판의 한 줄기, 누군가의 눈에 띄지 않아도 흙 속
깊이 뿌리내린 채,
세상을 지탱하는 숨결이 되어 살아가리라

이 순 기

광야의 나무

광야에 외로이
서있는 한 그루 나무야.
나이테가 늘어 날수록 굳세어져
그늘이 되어 새와 풀벌레를 품어줄
줄 알았는데

한 잎 두 잎 떨어진 자리는 다시 채워지지 않고
남은 잎새마저 세월에 지쳐
힘겹게 매달려 있구나.

언제 다시 푸르름을 되찾을는지
알수 없지만,
남은 잎새에 정성을 보탠다면
마르지 않고 더 오래 함께 살아가리라

그러나 오늘도 나무는
메말라 가는 고목이 되어가는데
그 누구 하나 다듬어 주지 않는구나

프로필

샘문학 정회원
단테문학 정회원

이 아 영

못

못이란 글자는 아무 데도 못 가요
못은 한 번 박으면 움직이지 못하지요
움직이면 굽어서 못 쓰잖아요
못이란 연못이지요
흐르지 못하는 물이잖아요
또 못 자(字)가 들어갔네요.
연못 속엔 연꽃이 탁한 물을 정화해주지요
못이란 못 할 일이 없다니까요
못 할 일이 있다는 말도 되지요
못 비가 오면 못밥을 먹을 수 있거든요
못이란 다 못하는 게 아니에요
아무 데나 못 박으면 안 되지요
편자에나 못을 박지, 식도에까지 못을 박다니
참치 횟집에서 참치눈물 술을 마셔본 사람은 알아요
딱 한 모금이 목에 걸려 못 넘어가거든요
못이란 뭐든지 자유자재하는 힘을 갖고 있다니까요

프로필

경북 상주 출생 / 2001년《자유문학》시 "오색 그물" 외 4편으로 등단
중앙대학교 예술대학원 문예창작학과 수료
현)한국문인협회, 한국시인협회, 중앙대 문인회 회원, 불교문예 운영위원,
한국문인협회 강북지부 이사, 한국세계문학협회 수석부회장으로 활동.
시집 :『돌확 속의 지구본』『꽃요일의 죽비』『별꽃뿌리이끼』
제6회〈열린시학상〉, 제9회〈불교문예작가상〉〈리터러리아시아2024년1등상〉

이 아 영

달 보드레

밤 아홉 시가 열 시로 가고 있는
강북구청 사거리
건널목이 신호등을 기다린다

잔설 남은 인수봉과 백운대 사잇길
새하얀 보름달이 인수봉 머리 위로
새색시 맵시처럼 걸어 나온다

신호등이 바뀌자
어서 건너오라 손짓하는
눈앞에 달 보드레 카페

어젯밤 꿈 섶에 나타나시어
생손 앓은 손가락 행주치마에 감추고
이슬 머금은 연잎처럼
내 이마 씻어 주시던 어머니

달 보드레 문 앞에
망부석 되어
알파성이 뜰 때까지 기다리신다

이 오 동

황사가 날아오는 날

창밖 풍경들이 흐릿하다
건물과 건물의 경계마저 지워진다
사막의 각질이 이곳까지 날아와 하늘을 점령하고
거리에는
입과 코를 가린 침묵이 지나간다

뉴스에는 연일
황사주의보 미세먼지주의보 건조주의보 산불주의보
사람들 머리 위로 주의보가 쏟아진다

목소리로 사람을 낚는 보이스피싱
눈과 귀를 가리는 가짜 문자와 뉴스

우리를 보호하려는
위험주의보들이 끝없이 밀려온다

황사가 날아오는 날
마스크 한 장에 숨을 밀어 넣고
비상경보가 울리는 도시로 사람들은 밥을 벌러 나간다

우울한 봄날에도 꽃은 피고 있다

이 오 동

건조주의보

도시는 날마다 회색 죽순을 피워
무채색 콘크리트 숲을 만든다
숲은 잎도 열매도 맺지 않는
불임의 제국 건조한 열기만 내뿜고 있다

일조권을 빼앗긴 골목길
그늘은 번식하고
햇살은 흔들리지 않는 숲에서 소멸한다
뉴스는 무채색 숲에서 깔리거나 떨어지거나
틈에 끼어 죽거나 어둠을 나열하고
각자의 불행을 확인한다
마음을 숨기고 중의적 표정으로 살아가는
날숨의 비린내들 계속되는 산불 경계주의보
내일 비 올 확률은 0,7%라는 TV 목소리
사막의 하늘이 도시로 날아온다
피톤치드가 사라진 거리 이소하지 못한 새들이 웅크리고 있다

프로필

시인. 수필가. 시 낭송가. 모델
미국 I.A.E University 명예 문학박사
한국문인협회. 계간문예. 인사동 시인협회 회원
수상 / 한중문화예술 특별상. 세계문화공로 대상(일본문화진흥회).
매월당 문학상. 대지문학 대상. 한용운 문학상 등
시집 / 《엄마의 바다》. 《먼지의 옷》

이 정 혜

집시의 달 -음악 감상을 하면서-

소리 몰이는
사라사테의 진수
하늘마루 이야기에
밤을 사위는 세레나데여라

별빛 실루엣 몸에 두르고
달빛 당겨 현줄에 애무하는 곡예사의 절묘한 음율
이정표 없는 시공의 유량

빈 영혼에 포효하는
영원한 갈채의 광장
집시의 달이 었어라
피톤치드가 사라진 거리 이소하지 못한 새들이 웅크리고 있다

*Pablo De Sarasate = 스페인 작곡가 (1844~1908)
'사라사테'는 '집시의 달' 작곡가이며 바이올린 명수,

이 정 혜

세월 잡을 수 없어서

세월 그 세월
잡을 수 없어서

성근 보슬비 잡아보니
세월 뒤척인 물안개 이었네요

꽃잎이 하도 고아 마주해보니
세월 댕겨가는 생의 절정이었어요

잠깐만
이 가을의 고뇌에 귀 기울어 봐요

영혼처럼 우는
구르몽 낙엽이
세월 차고 가는 소리 들려요.

프로필

울산 언양 거주
2000년 문학시대 신인상 등단
저서 : 『아파서 피우는 꽃』
　　　『Mea Culpa-내 탓이로소이다』
　　　『꽃여울의 합창』
한국기독교문협 이사
샘문 문학자문위원
대한민국예술인 등재
한국문협 회원
민주평통자문위원
서울검찰청 선도위원

이 현 경

작은 배 하나

싱싱한 꽃그늘이 멈춘 저녁

저편, 기다림을 가득 담고
수변에 작은 배 하나 묶여있네

바람이 배를 건드릴 때마다
풍속만큼 밀려갔다 다시 돌아오네

묶여있는 시간을 풀지 못하는
적막한 고립이네

갈증을 느낀 별빛이 수면에 떨어지면
작은 배 하나 외롭지 않네

풍경 속 고요로 있다가
기류에 조각조각 난 물면이 구슬피 번지네

내 가슴에 다가온
슬픈 파란처럼 번지네

프로필

시집-『나무의 시계』외
2019년,2023년 서울시 지하철 공모전 당선
2024년 서울시민 문학상 시부문 수상 외 다수

이 현 경

빛을 던져주세요

빙점의 시간이
친숙했던 물소리를 침묵시키고
수빙 속에는 긴 그리움이 갇혀있어요

냉기가 촘촘히 박혀있는 혹한의 동토를
그대를 보듯 햇살을 보며 걸어요

발바닥이 땅에 부딪칠 때마다
길이 외롭고, 흙의 호흡이 차가워요
뜻밖의 온기를 느낄 수 있도록
그대의 길과 맞닿아야 해요

극한의 그림자 위에 빛을 던져주세요

알 수 없는 곳에 그대는 멀리 있지만
따뜻한 다정이 되살아나겠지요

태양의 축복처럼,
당신 빛으로 해빙하고 싶어요
그때처럼 따뜻하게

이 효

장미는 고양이다

그 사실을 장미는 알고 있을까

앙칼스러운 눈빛, 날 선 발톱, 애끓는 울음소리
고혹적으로 오월의 태양을 찢는다

지붕 위로 빠르게 올라가 꼬리를 세운 계절
고양이 모습은 장미가 벽을 타고 올라
왕관을 벗어 던진 고고함이다

때로는 영혼의 단추를 풀어도
찌를 듯한 발톱이 튀어나온다

왜 내게는 그런 날카로운 눈빛과 꼿꼿함이 없을까

내 심장은 언제나 멀건 물에 풀어놓은 듯
미각을 잃는 혓바닥 같다

고양이의 주체적이고 독립적인 눈빛은
장미의 심장과 날카로운 가시의 고고함이다

고양이는 붉은 발톱으로 오월의 바람을
川 자로 할퀴고 간다
장미의 얼굴에는 오월의 핏빛이 칼날 위에 선다

나는 오월의 발톱을 기르고 있다

이 효

암막 커튼

아버지 기억은 끊어진 거미줄
혼자 대문을 열고 나간다
남자는 그를 절벽 끝에서 부른다
혓바닥은 해진 발바닥이 되어간다

산에서 길을 잃게 하면 어때?
아내의 입에서 검은 건반 같은
말들이 꿈틀거린다
시퍼런 이끼는 부부 사이를 덮는다

요양원에 아버지를 부치고 돌아가는 길
깨진 전조등이 된 남자가
의자 끝에서 울먹인다
돌 안에 갇힌 그

손잡이 없는 하루가 참 멀다

프로필

2021 월간『신문예』· 2025 계간『미네르바』신인상
인사동 시인협회부회장 · 노원문인협회 회원
한국문인협회 회원 · 국제PEN클럽 회원
24회 황진이 문학상 · 1회 서울시민문학상
1회 단테문학상 본상 · 5회 아태문학상
시집『당신의 숨 한 번』『장미는 고양이다』

임 솔 내

십장생 금침(衾枕)

십장생 수 이불을 한 채 들여온 그때부터 일 것이다
밤마다 내 배 위에 하늘이 내려오는 일 그 지체 높은 십장생이,
실밥으로 박혀 있던 열 개의 몸짓이 황금 폭포처럼 내 안으로 들기 시
작했다
열락이다 기골찬 대 숲 바람소리 들린다
목이 긴 흰 새와 찔레순 닮은 관을 달고 오방색 구름톱 넘나드는 무구
한 것들
온데간데없이 달이 부풀어 오르는 밤마다 내 배 위엔 새로운 땅이 솟
는다
또 열락이다 밤새 대숲 바람소리 세차다
아슴한 그곳 봉과 황의 몸이 닿는 순간 구름보다 더 높은 곳으로 내가
치솟는다
빈 곡신에 시퍼런 썰물이 들이치면 백 년 적송이 온몸으로 운다
열 개의 몸짓이 황금폭포로 내안에 쏟아지는 일
밤마다 내게로 하늘 내려오는 일 신비한 우주 속으로 걸어 들어가
절로 십장생이 되는 일 두 눈 질끈 감은채 밤마다 열리는 마법의,
그 영화로움에 빠져 나는 끊임없이 수 만 번씩 바람 이는 대숲에
들고 나는 끊임없이 다시 태어나고 또 다시 태어난다
십장생 수 이불을 한 채 들여온 그때부터 일 것이다 나의 이 천 개의
열락은

임 솔 내

물고기종鐘

답사 길에 얻어 온 작은 쇠종 하나를 현관에 달았다
무신* 때는 까맣게 잊고 산다
그도 내가 종종 걸음으로 저를 찾기 전까지는 나를 모른 채한다
절 기둥에 묵언으로 매달리던 그대로 문이 열렸다
닫힐 때까지 그의 입이 열리고 내 귀가 트인다
천지사방 떠돌며 내 발품 팔던 그 답이 죽죽 쏟아진다
절로 몸을 낮추는 내 드나들이는 물고기종鐘에게 드리는 예배시간이
다
매달린 그 묵언들이
다 쏟아 질 때까지 현관에 오체투지로 엎드린 신발들이 참 많다
수시로 내 집에서 열리는 화엄세계
저 노릿한 쇠종 하나가 천년 고찰의 전언傳言인 줄 몰랐었다

프로필

국제윤리학회 세계대사
한국세계문학협회 회장
한국시낭송총연합회 회장
미당문학 부회장 칼럼니스트
나뭇잎의 QR코드 // 아마존 그 환승역//홍녀 // 외 다수
영랑문학상 한국문학비평가협회상
한국서정시문학상 문광부세종우수도서 선정
시인들이 뽑은 시인상 외 다수

임 우 진

환절기

아직 오월인데
이른 나이에 요절했다
목련을 먼저 보내고 간다던 봄이
목련보다 앞서 갔다

세상은 온통 미쳐 돌고
어디 발붙일 자리 하나 없이
대지는 불타고 불태우니
몸둘 곳 없어 마음 붙일 곳 없어
떠나갔네

상엿소리 서럽고 애잔해라
붉은 만장 푸른 만장
노란 만장 흰 만장 앞세우고
아름다워서 서러운 꽃상여 타고
봄이 떠나갔네 봄이 떠나갔네

새들도 지저귀지 않는 침묵의 계절
한 시절 열병처럼 앓다가
타는 열기 식어가면
먼먼 어느 훗날
푸른 하늘 흰 구름처럼
다시 돌아는 올까

프로필

편집인/ 언론인
시산 산악국장·수석부회장 역임
현 시산 자문위원

장 용 순

따듯한 손이 되어

그대의
차가운 손을 잡고
내 손이 따뜻한 걸 알았습니다
따듯한 손길 주지 못하고
지금껏 살았다는 것

그대의 손이
따뜻해지는 것을 느끼며
내 삶도 뜨거워집니다
인간은 외롭기에
함께 손을 잡아야
서로 사랑하는 것

삶이 외로워지면
그대의 차가운 손을 생각합니다
누군가 차가운 내 손을 잡아 줄 것을
믿으며 살아갑니다

프로필

단테문인협회 이사
창작문학예술인협의회 정회원
서울지회 기획국장
저서 –인생은 산책이다(시음사)
향토문학상 은상
짧은시공모전동상

장 용 순

아내가 아프다

속이 메스껍고 어지럽다며
아내는 자리깔고 누웠다

매일 팔팔하게 떠들던
잔소리도 못하고
잘 절인 배추처럼 축 늘어졌다

속으로는 겁이 났지만
하루 푹 쉬면 좋아질 거라며
별일 아닌 듯 집을 나섰다

내가 허리 아플 때도
저 사람이 이런 마음이었을까

사랑이라고는 눈곱만큼도 없는 것처럼
소 보듯 닭 보듯 하다가도
아프다는 소리에 심장이 쿵쿵한다

어렵사리 산 홍삼 진액을 들고
아내가 건강하게 일어서
저녁을 차릴 거라는 희망으로
바삐 집으로 발길을 돌린다

전 선 희

빛으로 남으리라

아침 햇살이 초록 바람을 타고
들꽃 향기처럼 은은히 퍼진다

빈손일지라도
햇살 같은 마음은
소소한 행복으로 피어나고

감사의 기도는 작은 씨앗이 되어
사랑과 평화 속에서
꽃망울을 터뜨린다

기쁨과 슬픔
건너온 모든 날들은
세월의 강물에 잠겨
생의 긴 풍경으로 남는다

살며 살아가며
가을빛에 물들지라도
내 생은 결국
사랑으로 노래하며
영원히 빛으로 남으리라

전 선 희

내가 만난 모든 풍경은 행복이었다

맑은 하늘 아래
따스한 햇살이 내 마음을 감싸고
바람이 춤추는 꽃잎에 닿으면
나는 가벼워진다.
내가 걸었던 길 위
스쳐 지나간 수많은 사람들
그들의 미소와 눈빛은 별처럼 반짝이며
내 삶의 한 페이지를 밝혀주었다.

인연은 바람결에 흩날리듯
때로는 조용히, 때로는 뜨겁게
삶을 채워 갔다

나는 나를 찾았고 세상의 아름다움은
내 가슴 깊이 새겨져
마음속 빛으로 남았다.
자연이 준 선물과
사람들의 따뜻한 마음으로
행복은 작은 풍경 속에
별빛처럼 속삭이며 머물러 있었다.

프로필

대한문학세계 시, 수필 부문 등단
대한시낭송가협회 정회원
현) 대한문인협회 경기지회 지회장
〈저서〉
1집 『희망풍경』
2집 『삶의 아름다운 풍경』
수필 『내가 만난 모든 풍경은 행복이었다』

정 경 자

새바람

새로운 해가 떠오르는 새벽 아침 바람에 실려 오는 정결한 마음 한 조각
희망의 새해를 맞이한다

꼽고 고운 꽃길 새털 같은 시간 밤이면 알몸으로 쏟아낸 초록 머리 고깔이
다소곳한 미소로 다가온 봄날 바람 타고 달려온 봄 까치 화답하는 청춘들
의 이야기는 그렇게 시간을 타고 응답했다

프로필

제 1시집 / 꿈꾸는 DNA
제 2시집 / 황혼에 키우는 꿈
대한문인협회 / 한국문학 올해의 작품상
대한문인협회 / 짧은시 짓기 공모전 금상
한국문학예술진흥원 / 코로나 19 극복
공모전 / 최우수 수상

정 경 자

승리의 깃발

정결한 마음 한 조각 인생 황혼의 시간을 바꾸어 놓으니 시 한 편
이 탄생한다

엄마인 나는 학생으로 딸내미는 학부모로 신분이 바뀌어 보호자가
되어 서류에 사인하고 나를 돌보고 있다

대학교 입학을 준비하면서 미지의 세계로 옮기는 발걸음 참 행복
하다

드디어 기다리고 기다리던 입학식 날 보호자가 된 딸내미가 눈과
코끝을 자극하는 후래이지아 한다발 한 아름 안고 함박웃음 지으
며 축하하러 왔다

참 세상을 바꾸어 살아도 살만하다

정 연 석

세월의 흔적

고즈넉한 벚꽃길
잊힌 추억들이 꽃잎에 앉아
하나 둘 떨어져 내리면
가슴을 헤집는 추억은 아련하다

흘러간 세월을 거슬러
가파른 계단을 내려가면
낡은 창고 구석에서
빛바랜 사연은 웅크리고 있다

아름다운 추억들
깨끗이 잊힌 줄 알았는데
벚꽃길에 새록새록 되살아나고
영화 속 장면처럼 선명해진다

환희로 다가왔던 벚꽃
꽃잎이 쓸쓸히 떨어질 때면
가슴 아린 이별의 아픔이
휑한 가슴에 차곡차곡 쌓인다

정 연 석

무지개를 만난 기쁨

동네 길섶을 혼자서 걷는데
떠돌던 비무리 소나기로 내려
낯선 처마 밑에 몸을 웅크리고

하늘을 미워하며 흘겨보는데
금세 활짝 웃는 파란 하늘에
멋진 무지개 잡힐 듯 걸린다

지난날 삶이 힘들다는 이유로
작은 꿈조차 포기했던 나약함
아직도 부끄러움으로 남았는데

헤어진 사랑도 깨어진 꿈도
마음속에 오롯이 머물러 있음은
까닭 모를 아쉬움과 그리움이다

무지개를 만난 기쁨 간직하고
하늘처럼 넓고 텅 빈 가슴에
꿈과 사랑 채워가며 살고 싶다.

프로필

연세대학교 공학대학원 (공학석사)
서울강서우체국장, ㈜포스토피아 부사장
한국문인협회 정회원, 단테문인협회 상임이사
대한문인협회 저작권옹호위원장
제2회 서울시민문학상, 대한문인협회 베스트셀러상 등
아침에 시를 만나는 행복(시집), 가던 길 잠시 멈추고(수필집)

정 위 영

수산 시장의 해

동녘이 떠오르면
오대양 육대주 수산 진미가

팔딱팔딱 활력 넘치고
파릇파릇 쌓이어 넘쳐나는

항구의 삶의 터전
주문진 수산 시장

인산인해 구름 인파가
밀물 쓸려오듯 밀려오면

억척스러운 투박함에
질퍽하니 고인 정

어둠, 저편 속에 잠재웠다
동녘에 맞이하는 해

정 위 영

갓난아기의 눈망울

저편, 산등성이

갓난아기는
초롱초롱한 눈망울로 바라본다

조그마한 두 손바닥을
마룻바닥에 펴려다
털썩 주저앉는다

낭떠러지 문턱을 향해
힘주어 쥐어 잡으며 기어가
높은 문턱을
비슬비슬 부여잡으며

갓난아기의 눈망울에서는
눈물이 뚝뚝 흘러내린다.

프로필

호성 정위영 鄭緯泳 1966~ 작가(시인/수필가/강릉).
19' 12월 종합문예유성 시 부문 〈새싹〉 으로 등단.
23' 한비문학 수필 부문 〈부엉이, 새장에 알을 낳다〉.
24' 한국 문학예술진흥원 시부문 명예문학박사 수여.
저서 : 시집: [은둔의 문] [은둔의 문 2] [은둔으 문 3],
　　　 수필: [운둔의 문 4 부엉이, 새장에 알을 낳다].

정 은 정

섬 한 톨

바람에 기대어 길을 나섰다

비린내 품은 습기
간간이 불어오는 바람에
생각을 말린다

냉가슴으로 걸어가는 뜨거운 길
구멍 난 물결
바람에 휘날리고
하늘가 멈춰버린 하얀 치마 끝자락

모래바람 회오리
살갗 아우성치는 열기에
노을로 내려앉은
하얀 안개

냉가슴으로 굳어가는 뜨거운 심장
당신이 섬이라면
난 그대 가슴에 안길 바람 한 톨

프로필

호 인혜
시인. 문예 지도사. 평론가
글로벌 문예창작과 대학교(원)교수 엮임
윤동주 탄생 105주년기념 작품상
현대시선 제9회 한국감성대상
서울중구의회 표창장 外 다수

사)한국문인협회 정회원
　서울중구문인협회 사무국장
　엮임(표창장 공로상)
사)인천시조협회 정회원
사)현대시선 정회원 外 다수

정 은 정

눈물도 마른 꽃

시퍼런 창공에 매달려
떠돌고 있는 외로운 별 하나
매서운 바람이 남긴 흔적은
붉은 멍투성이로 흐느적거리고
거친 파도의 요동은 칠흑같이
어두운 성에 가두어 버렸다

내가 갈망하는 초록빛 향내는
단지 꿈같은 바람일까

벽 틈을 타고 스며든 바람은
제법 차갑게 살갗을 파고들었다
텅 빈 하늘은 무겁게 축 늘어진
어깨 위로 말없이 내려와 앉았고
무릎 사이 떨군 멍한 고개는
눈물로 얼룩진 낡은 지도에 안부를 물었다

눈물도 마른 꽃 하얗게 타들어 가고
내 안에 훌쩍이는 별 하나
내 젊은 날의 청춘 다시 걸어간다

정 해 란

서재의 방생

우리들의 청춘, 아이들의 유년
눈 밝혀 어둠 열어주고
가도 가도 미욱한 밤
갈래 잡아 희망 열어준 책

몇 년 동안 꽂혀있던 길들이
우르르 책장 밖으로 나와
가로로 급히 포개 눕는다
수십 묶음 시간의 단층이 되어

서열도 빛깔도 덜 매겨지고
책의 접힌 귀도 덜 열렸는데
시대가 밀어내 떠나는 책의 길

가족들의 인생관과 세계관까지
꽂힌 책처럼 바로 세워주고
때론 꽃길로 때론 사색의 길로
새로운 책의 산실(産室)이 된 서재

수년 묶여 고인 길 풀어주니
자유롭게 길 찾아 떠나라
놔 버리면 더 넓게 흐를 생명아

프로필

저서 : 제4시집『커피 한 잔의 고요가 깨어나면』
　　　　『시간을 여는 바람』외 다수
수상 : 문학세계 작가 대상, 세계문학상 및 탐미문학상 본상
　　　　해변시인학교 최우수상(1986년) 외 다수
전) 서울시 공립초등학교 교사, 독서교육학 석사
현) 한국문인협회 및 국제PEN클럽 정회원

정 해 란

여름 소리의 빛깔

한여름을 꽉 베어 문 소리
퉁퉁 불었던 장마가 끝나니
물었던 여름을 밀어낸다

아파트 단지 안 나무와 풀 사이
숲속 같은 청량한 소리가
이슬방울 무게까지 털면서
대나무의 마디까지 열려나 보다

뒤집힌 이파리 세워주는 풀벌레 소리
열린 빛의 번식을 꿈꾸는 매미 소리
무성한 도시 소음 튕겨버리는
이름 모를 새소리의 빛깔까지

오선 밖으로 벗어난 빛깔들
절대 고음의 자기장 넓혀
맘껏 목청 높여 자라난다
쉼 없이 기어오르는 폭염의 등짝 후려쳐
반경 밖으로 밀어내는 여름의 절창

그린과 코발트블루 경계를 오가면서
숲속과 바다를 자맥질하는 소리의 빛깔
여름과 가을 사이를 몇 번인가 오가며
어떤 소리의 빛깔 불러올까

최 정 원

아버지의 지게

세월이 흐르고 변해도 떠오르는 당신의 모습
눈가에 내리는 이슬은 그리움이었을까
마음속 묻어 두었던 지난 얘기들을 되뇌며
당신 곁에 서 있습니다

아무런 말씀도 없는 당신
삶과 죽음의 경계에서 꿈속에서나 다시 볼 수 있을까
당신이 그리워집니다

언제나 분신처럼 등 뒤에 붙어 있던 지게는
퇴색되버린 세월 속에 켜켜이 쌓인 먼지가
주인인 양 똬리를 틀고

뒤뜰 처마 밑 귀퉁이 주인을 잃은 채
우두커니 서 있습니다
당신의 뒷모습 보는 것 같아
마음이 아려옵니다,

황금펜 문학상

최 정 원

어머님에 꽃 수선화

어머님의
사랑으로 꽃이 피었습니다
메마른 담장아래 노란 수선화
예쁘고 사랑스런 꽃이 피었습니다

사랑으로 꽃피운 노란 수선화
아름다운 사랑의 꽃이었습니다
하늘에 뜻에따라 먼길 떠날지라도
어미 마음을 두고 가려
메마른 땅 위에 물을 뿌려 꽃을 심고
돌담길 아래 꽃을 피웠습니다
어미가 떠나고 없을지라도
생각나면 그곳에 오라고 꽃을 보라고
어머님은 노란 수선화 꽃을 피웠습니다
사랑스런 어머님의 꽃
나 지금 어머님의 꽃길을 걸으렵니다

프로필

[사]대한문학세계 신인상 수상(2017)
열린동해문학 신인상 수상(2015)
서울 특별시의회 의장상(2020)
문화예술지도자 대상 수상(2019)
황금찬 문학상 시부문 대상 수상(2023) 문화교육대상 수상(2024)
윤동주 별문학상 수상(2023)
황금펜 문학상 수상(2022)
림영창 문학상 수필부문 대상

한 경

나일강변의 풍경

야자나무 사이로 보이는
흙벽돌의 낮은 집들
수천 년 숨결을 이어
여전히 강가에서 빨래하는 아낙네들

하늘이 내려주신 옥토에 씨를 뿌리고
가족들 배부르면 그저 행복한 촌부
오늘도 작은 배 저어
강물 속 은빛 고기를 건져 올린다

문명을 꽃피우며
수만 년 유유히 흐르는 나일강
성쇠의 파도를 넘어간 왕조들

왕의 이름을 알지 못한들 어떠리
빨래터 아낙네의 방망이 소리
살아 꿈틀대는 아이들 웃음소리에

툭, 떨어지는 야자열매 하나

한 경

나미비아 사막의 성자

여기는 낯선 행성
바람의 주술에 걸려
등뼈를 서서히 움직이는 사구

가장 고독한 소리로
울어 본 사람만이 들을 수 있는
바람이 엉킨 붉은 오열

억겁의 세월이 덧쌓인 사막
오늘도 모래 살점 날리며
풍장하는
홍시 빛 사막

뼈대만 남아
사백 년을 서 있는
아카시아 한 그루

석양에 걸린
성자의 긴 그림자 드리운다

프로필

시인. 수필가. 여행작가
시집 -투루판 사막의 낙타
　　　탐보마차이 잉카남자의 눈빛
수필집 - 숲속의 물고기
여행수필집-나미비아 사막의 성자

한 현 희

언제나 그랬던 것처럼 삶은

별것 아니었다

그렇게
숨 막히게 걱정하고 고민하고
서글프고 힘들게만 여기기에는

너무 어려운 일이었다

그렇게
단순하게 생각 없이 시간을 보내고
아무런 대책 없이 별것 아닌 것처럼
여기기에는

삶은 그런 것 같다

어떤 방향으로 생각할지가 문제다
뜻대로 되지 않을 때가 있고
쉽게 풀려 버릴 때가 있는 것처럼
알 수 없는 것이다

그저 오늘을 열심히 사는 것이다
언제나 그랬던 것처럼

제 1회 단테문학상

한 현 희

가을의 시작 그 어디쯤에서

여름의 끝자락과
가을의 시작 그 어디쯤에서
당신을 봅니다

세월이란 것이
당신과 나를 멀리 보라 하였다가
느닷없이 그리움을 확인하라
부추깁니다

쓸쓸하고 애틋한 마음이
한순간으로 와닿지 않기를

그저 가을의 어느 모퉁이
먼발치에서 서로의
안부를 묻기로 합니다

우리의 인연이 거기에 있음이니
애써 돌아보지 않기를 바랍니다

프로필

대한문인협회 정회원
대한문인협회 서울지회 총무국장
단테문인협회 정회원
단테문인협회 상임이사
제1시집 '여백에삶을그리다' 출간
2024 국내문학상 수상 작품집 수록
2024 '들꽃' 동인지 수록
서울 시민 문학상 수상
단테 문학상 수상
대한문인협회 향토 문학상 입상

국내 문학상 수상작 작품 모음집

농민문학 작가상

농민문학 작가상

허 진 숙

장미

나더러 어쩌란 말이냐
너를 보고 어쩌란 말이냐

세상에 가장 아름다운 건 젊은 여자라는데
요염한 너의 자태에
산자락 넘나드는 구름조차 멈추어 서서
떠나지 않으리

세상 무엇이 너보다 더 아름다울 수 있으랴
목숨 바쳐 사랑을 한다면
불꽃같은 사랑으로
입술에 장미꽃을 피울 텐데

네가 품은 가시가
한때 내 심장을 찔렀던 적 있었지

프로필

2010년 [농민문학] 등단
농민문학 신인상, 농민문학 작가상, 선교문학상
중앙대학교 예술대학원 수료
시집 : 〈바다로 간 어머니〉〈너는 기쁘지 아니한가〉
        〈사랑은 발자국소리 듣는다〉〈그 사람은 아름다웠다〉
        〈꽃잎은 져도 울지 않는다〉
한국문인협회 국제PEN 한국본부
현대시인협회
국제 계관시인 연합본부(UPLI) 자문위원
3.8 민주의거 기념사업회 회원

허 진 숙

모란이 필 때까지

현실은 출렁거리는 바다와 같아
온몸으로 꺼안으며 살아온 나날이 였지!

저 멀리 수평선 바라보고 있는
그대여

캄캄한 밤을 여러 차례 가로지르고
달리는 톱니바퀴 위에서
하루하루를 견뎌낸 나날이 였지!

여정이란
오직 걸어본 자만이 돌아볼 수 있는 것

그대의 노래는 오직 그대의 것
그대의 눈물은 오직 그대의 것

화려한 웃음 뒤에 가려진 눈물에
주눅 들지 말고

그대 눈동자에 모란이 필 때까지
오직 노래합시다

황 인 선

황톳길 걸으며

이 앙증맞은 조그마한 발자국은
어디에서 와 어느 시대를 건너간
역사인가

찰진황토에 또렷하게 새겨져
삐뚤삐뚤 여기저기 길을 낸
산만한 흔적들
앞서거니 뒤서거니 경쟁하는
이 발자국들을 되 밟는다

어느 발자국이나 제 역사가 있어,
나름의 무게가 있고
발끝 향하는 곳으로 길은 나기에
오늘 이렇게 남기는 족적은 또
누구를 부르는 이정표가 될까

차마 미끄러져 넘어짐을 저어하며
무겁게 온몸을 디뎌
수많은 자국 위에 한 뼘
혁명을 새긴다.

프로필

2025년 한국문인협회 '제14회 월간문학상'
한국문인협회 정회원, 한국문인산악회부회장
한국현대시인협회사무국장, 계간현대작가회 이사
다음 '시인의동굴' 카페지기

2025 국내문학상 수상작품 모음집

초 판　　2025년 10월 30일

엮은이　　오선문예 이민숙

편집인　　김복환 박순 이효

발행처　　오선문예

출판등록　　제2024000028호

주 소　　서울시 강동구 양재대로

전 화　　010-3750-1220

이메일　　minsook09@naver.com

값 15,000원

ISBN 979-11-988410-1-8